河出文庫

短くて恐ろしいフィルの時代

ジョージ・ソーンダーズ
岸本佐知子 訳

河出書房新社

短くて恐ろしいフィルの時代

すばらしい教師であり、すばらしい友人でもある
ジョーとシェリ・リンドブルーム夫妻に

国が小さい、というのはよくある話だが、〈内ホーナー国〉の小ささときたら、国民が一度に一人しか入れなくて、残りの六人は〈内ホーナー国〉を取り囲んでいる〈外ホーナー国〉の領土内に小さくなって立ち、自分の国に住む順番を待っていなければならないほどだった。

外ホーナー人たちは、〈一時滞在ゾーン〉にこそこそ身を寄せあって立っている内ホーナー人たちを見るたびに何となく胸糞《むなくそ》がわるくなったが、同時に、ああ外ホーナー人でよかったとしみじみ幸せをかみしめた。見ろよ、内ホーナー人の卑屈《ひくつ》でみじめったらしくて厚かましいことといったら。それにひきかえ、あいつらが〈一時滞在ゾーン〉にはみ出してくるのを長年にわたって許しているわれわれ外ホーナー人は、なんて寛大で慈悲ぶかいんだろう。だが内ホーナー人はそんなことを少しもありがたがってなどいなかった。最初のうちこそ感謝感激したものの、今はただ窮屈《きゅうくつ》に体をくっつけあって立ち、外ホーナー人たちを憎しみのこもった目でにらみつけるだけだった。たっぷりとした土地があるおかげで体をくっつけあって立つ必要もなく、それどころか広々とした「外ホーナー・カフェ」の通路に脚をいっぱいに伸ばしてのうのうとコーヒーを飲んだりなんかしている外ホーナー人を見るにつけ、内ホーナー人たちは思うのだった——ちぇっ、なんだよあいつら。あんなに土地があり余ってるんなら、こっちに二、三百平方メートルばかし分けてくれたってよさそうなものじゃないか。

けれども外ホーナー人は外ホーナー人でこう思っていた。そりゃま、たしかにうちらの国は大きいけどさ。でも無限に大きいってわけじゃないんだもんね。てことは、いつかは土地が足りなくなることだって、ないとは言い切れないんだもんね。それに、もしこれ以上あいつらに愛する祖国の土地を分けてやったりしたら、ほかのみすぼらしい小国が我も我もと押し寄せてきて、自分たちにも土地をよこせと言いだすかもしれない。そうなったら、このすばらしく快適で、すてきに特権的な、何かにつけゆったりとしたスペースを必要とする外ホーナー・ライフが営めなくなってしまう。内ホーナーの連中がわれわれ外ホーナー人のことをケチだと思ってるんだったら、地獄にでも落ちるがいい。人がタダで貸してやってる土地に立っておいて、よくもそんな口がきけたもんだ。

かくして国境のあっち側とこっち側で、敵意のこもった視線や、聞こえよがしの悪態や、ときに面と向かっての罵声《ばせい》が飛《と》び交《か》う状態が、もう何年も続いていた。

そんなある日、〈内ホーナー国〉がさらに小さくなった。突然のできごとだった。岩どうしがこすれ合うようなゴゴゴという音が響いたかと思うと、そのとき〈内ホーナー国〉に住んでいたエルマーの四分の三が国外に出てしまった。つまり、エルマーが不安になると地面を掘り返すのに使う、八角形のスコップ状の触手以外のすべての部分が、とつぜん〈外ホーナー国〉側にはみ出てしまったのだ。

ちょうどそこに、巡回中だった〈外ホーナー国〉国境警備員のレオンが通りかかった。レオンはエルマーの四分の三が〈外ホーナー国〉側にはみ出ているのを発見すると、ただちに侵略行為発生を知らせる警報を大音量で鳴らした。〈外ホーナー国〉市民軍（フリーダ、メルヴィン、ラリー）の一行がすぐさま現場に駆けつけ、〈一時滞在ゾーン〉の境界線を示す緑色のヒモごしに、内ホーナー人たちを険しい顔つきでにらみつけた。

「おい、いったいどういう了見だ」とラリーが言った。「あいつの体の一部が俺たちの国にはみ出てるじゃないかよ」

「国が縮んだんだよ」八角形のスコップ状の触手でせかせかと地面を掘り返しながら、エルマーが言った。

「はあ?」とフリーダが言った。「そんなの信じられるとでも思ってんの。あたしたちの国は縮んだりなんかしないわよ」

「まともな国はふつう縮んだりしないよな」メルヴィンも言った。「変わらないか、さもなきゃ大きくなるかのどっちかだ」

「だって、見てみろよ」とエルマーが言った。

そこで〈外ホーナー国〉市民軍(フリーダ、メルヴィン、ラリー)の一行は〈内ホーナー国〉の国境を示す赤いヒモごしに身を乗り出し、〈内ホーナー国〉の中心部に目をやった。たしかに〈内ホーナー国〉は縮んでいた。

「うげっ」メルヴィンが言った。

「ぐえっ」ラリーが言った。

「これ、どうすんのよ」フリーダは言った。

「そりゃあ、不法侵入者はやっぱ強制退去だろ」ラリーが言った。

「そうだ、それがいい」メルヴィンが言った。「で、どうやるんだ」

「それはその、えーと、つまり強制的に退去させるんだよ」ラリーが言った。

「たぶんこんな感じじゃないか」

　そう言ってラリーはエルマーを強制的に退去させた。というのはつまり、〈外ホーナー国〉側にはみ出していたエルマーの一部を〈内ホーナー国〉のほうに押し戻した。しかし〈内ホーナー国〉はエルマーの全部を容《い》れるには小さすぎたため、〈外ホーナー国〉側にはみ出していたエルマーの一部が〈内ホーナー国〉のほうに押し戻されたとたん、エルマーのほかの部分が〈外ホーナー国〉側にはみ出してしまった。

「なんて強情で、挑戦的な連中だ」とメルヴィンが言った。「ほとほと感心するぜ」

「油断も隙《すき》もねえ」とラリーが言った。「これだから内ホーナー人はよ」

「どうすればいいか教えてやろうか」カフェの脇から、威厳に満ちた声が飛んできた。「税金を取ればいいのさ」

　声の主はフィル、誰からも、ややひねこびているという以外にこれといって目立ったところのない平凡な中年男と思われていた外ホーナー人だった。もう何年も前、フィルは国境ごしに一人の内ホーナー女性に恋をした。全体的に縦《たて》長《なが》で、やや左に傾いているキャロルだった。彼女の黒くつややかなフィラメント、振り子のように揺れ動く半透明の皮膜、露出した背骨のゆるやかなカーブ、毛皮におおわれたグローブ状の突起物でしとやかにベアリングを掻《か》くしぐさ、そのすべてにフィルはぞっこんだった。フィルは彼女の気を引きたい一心で、何気ないふうをよそおって〈内ホーナー国〉のまわりを何時間もぐるぐる歩きながら、中央部の囊《のう》を膨《ふく》らませたりしぼませたりして男性的魅力をアピールしたが、無駄だった。キャロルにはキャルという、巨大なベルトのバックルに青い点を一つくっつけて、それをさらにツナの空き缶に接着したような感じの内ホーナー人の恋人がいたのだ。

二人の結婚式の日は、フィルの人生最悪の時だった。

恋に破れた彼は下層部から機械油をぽたぽた垂らしながら、国境の向こうで内ホーナー人たちが自国の流儀で婚礼をとりおこなうのを――いつもよりさらに窮屈に体をくっつけあい、自分たちの国がいかに他国もうらやむほど素敵に小さいかについての歌を感傷たっぷりに歌う、というものだったが――胸のはりさける思いでながめていた。

来る日も来る日も、キャロルがキャルのベルトのバックルを磨いてやったり、ツナ缶のふたを開けたり閉めたりしていちゃついているのを見るうちに、フィルはどんどんひねこびていった。何年かして二人のあいだに息子のリトル・アンディが生まれるにおよんで、彼のひねこびは頂点に達した。返すがえすも、キャロルがもうちょっと賢くて男を見る目があったなら――と彼は思うのだった――そうしたらあのリトル・アンディは俺の息子だったはずなんだ。いや、もしリトル・アンディが俺の息子だったら、もっとずっと可愛くて賢くて、そもそも〝リトル・アンディ〟なんていうしょぼくれた内ホーナーくさい名前じゃなかったはずなんだ。

「税を徴収するんだ」フィルはもう一度言った。「われわれの愛する国土を占領しているんだから、日割りで税金を払っていただくのさ」

「それは名案だ」とラリーが言った。「で、いくら払ってもらえばいい?」

「彼らはいくら持っている?」フィルが言った。

「お前ら、いくら持ってるんだ?」ラリーが内ホーナー人たちに言った。

エルマーが八角形のスコップ状の触手を使い、いまや〈内ホーナー国〉の北西部全体をふさいでいる手提《てさ》げ金庫を開けた。

「四スモロカあるよ」とエルマーは言った。

「なら、税金は四スモロカだ」とフィルが言った。

「それじゃ僕らが一文無しになってしまうよ」とキャルが言った。

「四だ」フィルは言った。「われわれに四スモロカ払えば、きょう一日〈一時滞在ゾーン〉に滞在することを許可してやろう。じつにフェア、何の問題もない」

「あったまいいぜ」とラリーが言った。

「ああ。驚きだな」メルヴィンが言った。

最愛の女性にフラれた恨みに加えて、じつはフィルにはもう一つ問題があった。彼の脳を巨大なスライド・ラックに固定しているボルトがときどきはずれ、脳がラックを勢いよく滑って、地面にどさっと落ちてしまうのだ。それが今また起きた。脳はラックから飛び出して地面に落ち、ごろごろ転がって溝に落ちた。

「ついでにもう一つ、私がつねづね考えてきたことを言わせてもらおう！」突然、耳をつんざくような大音声でフィルが言った。「私はつねづね考えてきた、われらが美しい祖国のことを！　誰がこれをわれわれに与えたのか？　全能なる神は、この美しく広々とした土地を、われわれがすばらしく優秀な民族であることのほうびに与えたもうたのだ。われわれは大きく、力強く、そして心も広い。そのことはわが国の言い伝えに、大きく、力強く、持てるすべてを惜しみなく分け与える人々があまた登場することからも明らかである！　われら外ホーナー人に美点があるとすれば、それは寛容なことである。われら外ホーナー人に欠点があるとすれば、それは寛容すぎることである！　このケチな連中が小さなみじめったらしい土地しか与えられなかったからといって、それがわれわれの落ち度であろうか？　否《いな》！　全能なる神が彼らにこんな小さなみじめったらしい土地しかお与えにならなかったのは、神に何かお考えがあってのことなのだ。それを全能なる神に向かって、なぜあなたは彼らにこんな小さなみじめったらしい土地しかお与えにならなかったのですかなどと問いただすのは、あまりに大それたこと。私のやるべきこと、それは全能なる神がわれらに与えたもうた、この大きく広々とした国土を、享受し、そして護《まも》ることのみである！」

今の今まで平凡な男と思われていたフィルが、急にほかの外ホーナー人たちの目にちがって映った。これほどまでに熱烈に、これほどまでにたくさんのやこしい言い回しを、これほどまでに自信たっぷりに使い、しかもいかに自分たちが心の広い優秀な民族でありながら、そのことを誰からも感謝されずにきたかを、これほどまでに的確に言い当ててみせた人間が、ただの平凡な男であるはずがない。

「すごいわ」フリーダが言った。

「俺たちの言いたかったことをずばり言ってくれたな」メルヴィンが言った。

「ああ。よくぞ言ってくれたもんだ」ラリーが言った。

「そこの内ホーナー人たち！」フィルは大声で言った。「心して聞け。お前たちは、その曲がった根性ゆえにわれわれの名だたる寛容さにつけこんできたが、それももはや限界だ。そもそもわれわれとお前たちとでは、何もかもが月とスッポンなのだ。同胞たちよ、あのみじめな連中を見るがいい！　もし彼らがわれわれと同等の民族だというのなら、どうしてああまでわれわれより見劣りがするのか？　目を開いてよく見てみたまえ！　彼らは果たしてわれわれのように気高く、勇猛で、大きいか？　それとも痩《や》せこけて、青白く、貧相か？」

たしかに、長年〈一時滞在ゾーン〉に窮屈にくっつきあって立ち、こみいった数学の証明問題を互いにひそひそ出しあって待ち時間をやり過ごしてきたせいで、内ホーナー人たちはみなひ弱で、背も低かった。いっぽうの外ホーナー人たちは、ありあまるほどの土地をのびのびと闊歩《かっぽ》してきたおかげで、よく肥《ふと》って色つやもよく、おまけに数学の証明問題のスの字も知らなかった。

「ものすごく貧相だ！」メルヴィンが言った。

「今まで気がつかなかったが、言われてみればたしかにそうだ」国境警備員のレオンが言った。

「税を徴収せよ！」フィルが高らかに言い、フリーダは国境ごしに手を伸ばして〈内ホーナー国〉の手提げ金庫を取った。

ラリーとメルヴィンは溝のほうに走っていってフィルの脳を拾うと、それを元どおり彼の大きなスライド・ラックに戻した。

「やあ、ありがとう」急にふつうの声に戻ってフィルが言った。「君たちはまさに寛容な外ホーナー人の鑑《かがみ》だよ」

ラリーがそっと誇らしげな視線をメルヴィンに送り、メルヴィンもそっと誇らしげな視線をラリーに送り、フリーダは金庫の中身を数えて四スモロカたしかにあることを確認しつつ、フィルが自分のことだけ寛容な外ホーナー人の鑑だと言ってくれなかったことをちょっぴり寂しく思い、次にフィルの脳がラックから滑り落ちたら、きっと自分がそれを拾ってラックに戻すのだと固く心に誓った。

翌朝、フィルと〈外ホーナー国〉市民軍（フリーダ、メルヴィン、ラリー）の一行は夜明け前に国境地帯に行き、立ったまま眠っている内ホーナー人たちをながめた。

「グースカ、ピースカ、おねんね中だ」フィルが言った。「ずいぶんとぐうたらじゃないいか」

「それにひきかえ」とラリーが言った。「こうして夜明け前に起きて仕事をしている俺たちって、なんて勤勉なんだろうなあ」

「そのとおり」フィルが言った。「じつにいい指摘だ、ラリー」

「こうして税金を徴収する仕事をしている俺たちって、なんて勤勉なんだろうなあ」とメルヴィンが言った。

「よく言った、メルヴィン」フィルが言った。「そうとも、われわれは勤勉な国民なのだ」

「こうして税金を徴収して、祖国の安全を守る仕事をしているあたしたちって、なんて勤勉なのかしら」フリーダも言った。

「ここだけの話」とフィルが言った。「君たちとしばらく行動を共にしてみて、私は内心こう思っているんだ。われわれ外ホーナー人は寛容の徳をもって知られているが、いっそ〝寛容の徳〟を〝驚くべき知性〟に看板替えしたほうがいいんじゃないか、とね」

ラリー、メルヴィン、フリーダの三人は顔を輝かせた。

「さてと、では税を徴収するとしようか」フィルがそう言ってレオンをつつくと、レオンは国境警備棒でもって、いちばん近くにいた内ホーナー人ワンダの熱排出管のあたりを思いきりどやしつけた。

内ホーナー人たちは目を覚まし、いつものように伸びをしかけたが、もし全員が一度に伸びをしたりすると、誰かが押されて〈一時滞在ゾーン〉からはみ出してしまい、また〈外ホーナー国〉に不法侵入することになりかねないと気がついた。

　そこで内ホーナー人たちは年功序列で、年上の者から一人ずつ順番に伸びをしていった。

「さあさあ納税の時間だよ、ぐうたらども」とフィルが言った。「その間抜けな伸びをやめて、ようく聞け。お前ら全員、まだ税金が未納のままだ」

「だって僕たち、もう一スモロカも持っていないよ」とエルマーが言った。

「それはそっちがよく知ってるだろう。きのう全部もってったじゃないか」

「これはあきれた」フィルは言った。「いったいどういうつもりでいたんだ？　ひとの大切な土地に、タダでいつまでも居すわれるとでも？　われわれがこっちで、この〈外ホーナー国〉で、何をしているか教えてやろうか。労働だよ。時は金なり、それが外ホーナー国民のモットーだ。だからわれわれは時計の針とともに勤勉に労働して、その結果何が生まれるか？　富だ。金だ。スモロカだよ。ところがお前らときたら！　払うべきものを払っていないのを知りながら、その間いったい何をしていた？　赤ん坊みたいに一晩じゅうすやすや眠っていたんだ！　おおかた、われわれから何もかもむしり取る夢でも見ていたんだろう！　で、挙げ句に一文無しのまま、今日もまた払えませんときた。では何か別のもので払ってもらうしかないな。ラリー、彼らの資産状況を調査したまえ」

ラリーはぽかんとしてフィルの顔を見た。

「何をどれくらい持っているか数えるんだよ」フィルが言った。

「ああ、はいはい」ラリーは言うと、〈内ホーナー国〉の資産状況を調査した。〈内ホーナー国〉をあっちからもこっちからもくまなくながめ、調査した結果を逐一《ちくいち》紙に書きとめ、フィルに渡した。

「よろしい。どれどれ」とフィルは言った。「ごく小さなリンゴの木：一本。干上がりかけた小川：一筋。乾いてひびわれた土：おおよそ百リットル。ご苦労、ラリー。みごとな資産調査だった。ではこれを元に彼らの総資産額を見積もってみよう。フリーダ、きみの意見は？　四スモロカといったところだろうか？　これらがらくたを全部合わせて、ちょうど四スモロカぐらいではないかね？」

フリーダは、木によくまちがえられる寂しい寡婦《やもめ》だった。彼女は昨日から、威厳に満ちてぴかぴか光る、声の大きなフィルに淡い恋心をいだきはじめていたので、木も小川も土もろくに見ずに、ぽおっとなって首を縦に振った。

「すばらしい」とフィルは言った。「じつに的確な見積もりだったよ、フリーダ。ではレオン。あの木をひっこ抜き、小川の水を残らず吸いあげ、土を根こそぎ掘って、わが〈外ホーナー国〉に持ち帰るとしよう」

レオンは国境をまたぐと、リンゴの木をひっこ抜き、小川の水を残らず吸いあげて透明な胃袋におさめ、シャベルに似た尻尾《しっぽ》を使って土を根こそぎ掘ってそれも胃袋に入れたので、水と土が混ざりあって赤茶けた泥になった。

「じゃあ、あたしたちは何を食べればいいの？」とキャロルが言った。「何を飲めばいいの？　せっかく並んで住む順番を待っても、あんな穴ぼこに立って何をしろっていうの？」

「そんなのはこっちの知ったことではないね」とフィルが言った。「われわれにとっての問題は、このみみっちい木と、つまらん小川と、ふざけた土を、どこに保管するかだ。誰か意見のある者は?」

「〈西のはずれ地区〉はどうですかね」とラリーが言った。「あのあたりは、まるきり何もありません」

「エクセレントだ、ラリー」とフィルが言った。「レオン、では頼んだぞ」

そこでレオンは木を肩にかつぎ、小川の水と土の混ざりあった泥を胃袋に入れたまま、外ホーナーの〈西のはずれ地区〉に向かった。そこは氷のクレバスが幾重にも連なる荒涼とした土地で、レオンはそのなかでもいちばん深く、いちばん氷の厚いクレバスに、かつて〈内ホーナー国〉の資産だったものを残らず投げ入れた。


その夜〈一時滞在ゾーン〉内では、内ホーナー人たちが声をひそめて白熱した国民会議を開いていた。何十年ものあいだ体をくっつけあって暮らしてきたせいで、内ホーナー人は互いに対する配慮が極端に発達しており、そのため、もうそろそろ就寝するべきかどうかといったようなことを決めるだけで、議論が何時間にもおよぶことがあった。

「じゃあ、どこから始めようか」とエルマーが言った。「そしてどう進める？われわれの最重要議題は何だろう？」

「ちょっと待ってよエルマー」とワンダが言った。「すこし先を急ぎすぎじゃないかしら。まずは、最重要議題を決めることが本当に最優先事項なのかどうかを話し合うべきじゃないかしら」

「しかしじゃな、最優先事項を決めることが、本当にわしらにとっての当面の目標なのかどうかは、いささか疑問に思うぞ」とガス爺《じい》が言った。ガス爺は〈内ホーナー国〉の最長老で、ひどく老いぼれており、大文字のCのてっぺんを禿《は》げさせて、そこから灰色のしなびた鹿角を二本生やしたような姿をしていた。

「最重要の問題は、食べ物が何もないっていうことだと思うわ」とキャロルが言った。

「キャロルの言うとおりだ」結婚して十年経つのに、いまだに妻にメロメロのキャルが言った。

「水がないのだって同じくらいまずいと思うけどな」とカーティスが言った。

「それに土もない」エルマーが言った。

「土がないのはそんなに重要じゃないだろ」とカーティスが言った。

「お言葉を返すようだけど」とエルマーが言った。「土がないのはものすごく重要だよ。だって見てみろよ、僕らの国を」

そうして彼らは、もはやぽっかり口をあけた墓穴のようになりはてた〈内ホーナー国〉を見た。

「正直、どうもわし一人蚊帳《かや》の外に置かれているような気がしてならんのじゃが」とガス爺が言った。「わしがさっき言った、最優先事項を決めることが果たして当面の目標であるか否かの問題が、どうもなおざりにされているような気がするんじゃがな」

ちょうどそのとき、目もくらむような強烈なライトが上のほうから内ホーナー人たちに向けて浴びせかけられた。

「お前たち、よく聞け」監視小屋の屋根の上に設置したばかりの投光器の後ろに立って、国境警備員のレオンがそう呼びかけた。「お前たちは油断も隙もない卑劣な民族なので、わが国の安全のためにもっとよく見張っておくようにとのフィル様のお達しだ。夜のあいだも明るくしておけば、そう悪さもできないだろうからな」

「ああ、まぶしい」ワンダが言った。

「レオン、僕らがそんなに油断も隙もないなら、どうしてしょっちゅう僕らのところにチェッカーをやりに来るのさ」とキャルが言った。

「もう行かないよ」とレオンが言った。「そういうことはもうぜんぶ終了だ」

「抗議声明文を起草するべきよ」とワンダが言った。「もちろん、まずそのことについて話し合って、全員の賛成を得られればの話だけれど」

「抗議声明文を作ることにみんながどの程度賛成か、まず世論調査をしたほうがいいんじゃないかな」とキャルが言った。

「もう話し合いはたくさんだ」カーティスが言った。「こうなったら実力行使あるのみだぜ」

「ハンストをしてみたらどうじゃろう」とガス爺が言った。

「あの、ちょっといいかしら、ガス」とキャロルが言った。「べつにあなたの意見を否定するつもりはないのよ、でもね？　これってすでにハンストしているようなものじゃないかしら？　だってほら、ね、食べ物ないのよ？　あの人たちがリンゴの木、持ってっちゃったでしょ？　だからハンストはそんなに効果的じゃないんじゃないかと思うの。正直、やってることにも気づいてもらえないんじゃないかしら」

「そうさ、僕ら、あいつらに強制的にハンストさせられてるようなもんだ」キャルが言った。

「ぼく、いい考えがあるよ」とリトル・アンディが言った。

リトル・アンディは〈内ホーナー国〉では最年少だったが、すばらしく頭脳明晰《めいせき》で洞察力があったので、ほかの国民たちから一目《いちもく》置かれる存在だった。なぜそんなに賢いかというと、それはたぶん、個別に思考する脳が首の横と腰の上に一つずつついていて、その二つのあいだにぴかぴか光る黄色の〈決定機関〉があることと無関係ではなかった。

「なんだい坊や、言ってごらん」とキャルが言った。

「あっちの国の大統領に手紙を書けばいいんじゃないかな」とリトル・アンディが言った。

「ははっ！」とカーティスが言った。「かわいいことを言ってくれるぜ」

「たしかにかわいいけれど」とワンダが言った。「でも悪くないアイデアだわ」

じっさいそれは名案だった。〈外ホーナー国〉の大統領は、五つの白い口ひげと七つの巨大な腹をもつ気のいい老人だった。はるか昔、まだ学生だった時分に、彼は（というか、すくなくとも彼の一部は）一学期だけ〈内ホーナー国〉に留学した経験があり、そのため大統領は〈内ホーナー国〉びいきだというのが世間でのもっぱらの評判だった。

そこで内ホーナー人たちは、ほぼ議論なしの即決で、ぎらつく投光器のライトに目をしょぼつかせながら、〈外ホーナー国〉大統領あてに手紙をしたためた。

　大統領様

　先日来、フィルなる人物がわれわれ内ホーナー国民に対して税の徴収を行っております。しかしながら、われわれの見るところ、彼は貴国政府とまったく無関係のようでありますし、またそうであることを切に願っております。そこでこの件についてぜひともご相談したく、どうかその類稀《たぐいまれ》なるいくつかのおひげと、歴史に残るあっぱれなお腹を国境地帯までお運びいただきたく、謹《つつし》んでお願い申し上げます。

「きっとうまくいくよ」とエルマーが言った。「絶対うまくいくって気がするな」

「こんなひどいこと、大統領が許すわけがないもの」とキャロルも言った。

ワンダが抜き足差し足で〈一時滞在ゾーン〉を出て〈外ホーナー国〉に入り、居眠りしているレオンの横を通り抜け、「外ホーナー・カフェ」の店先にある郵便ポストに手紙を投函《とうかん》した。

けれどもワンダは、仲間の内ホーナー人たちが早く戻ってこいと必死に手招きするのもかまわず、終わったあともしばらく〈外ホーナー国〉内に立ち、巻きひげを思いきり伸ばし、深呼吸しながら、大きく円を描いてゆったりとあたりを歩きまわった。


次の日の午後、トランペットとシンバルのファンファーレが盛大に鳴り響くなか、〈外ホーナー国〉大統領を乗せた麗々しい輿《こし》が国境地帯に到着した。輿をかつぐ補佐官たちは息を切らして汗だくだった。大統領は小柄だが貫禄《かんろく》たっぷりで、たくさんの腹と、白い口ひげと、軍隊の勲章と、堂々たる二重あごとが小山のように積み重なり、それを細く頼りなげな三本脚が支えていた。

「おお、過ぎ去りし日よ」大統領は〈内ホーナー国〉をうちながめて言った。「わが青春の日々よ。だが、さすがに余が覚えている頃とはずいぶん様変わりしておるようだ。なにぶんあの頃は若者の目でここを見ておったが、今ではすっかり年寄りの目で見ておるのだからな。これはもう言ったか？　どうも最近しょっちゅう同じことを言ってしまうのでな。それにしても、余が覚えている頃とはさすがにずいぶん様変わりしておるようだぞ。余の記憶では、たしかリンゴの木々があり、豊かな渓流が幾筋もあったはずなのだが。だがもちろん、あの頃の余は今よりも若く、人生はかぐわしく、あごの数は少なく、夢は大きかった。それにひきかえ今の余はもはやありし日の化石、人生最良の日々は遠く背後に去り、行く手にはさらなるあごがあるばかり、そして夢といったら、そのあごをいくつかでも減らすことだけじゃ！　ふぉっ、ふぉっ！　人間いくつになってもユーモアのセンスは忘れちゃいかん、そうであろう？　あごも出しちゃならん！　ふぉっ、ふぉっ！　それにしても記憶というのは、おかしないたずらをするものだわい。リンゴの木々と豊かな渓流を、余ははっきりと覚えておるのだ。それにモナという娘。これはもう言ったか？　モナのことをもう言ったかどうか、余はもう訊《き》いたか？　リンゴの木の下、渓流のほとりで、きれいな満月の光を浴びながらモナと二人で座り、むつまじげなことどもを囁《ささや》きあったような気が、たしかにしておるのだ。あのモナはどこに行ってしまったのだ？　そもそもモナという娘は本当にいたのだろうか、それとも余の気のせいなのか？」

「気のせいじゃありません」とエルマーが言った。「モナは昨年死んだんです」

本当だった。モナは昨年死に、〈内ホーナー国〉内に埋葬されたのだが、そのあたり一帯は〈内ホーナー国〉が縮んだときになくなってしまったため、いまやモナの墓はちょうど大統領の足の真下にあった。

「なんたること」と大統領は言った。「モナが死んだと？　昨日まであんなに愛くるしい小娘で、まだ金色だった余のひげにキスしてくれたというのに、今日にはもう余は白髪で太って物忘れの激しい老人で、おまけにモナは死んで土に還《かえ》っておるというのか！　諸君にひとつ忠告してやろう。歳は取るな！　これはもう言ったか？　いつまでも若いままでいよ！　歳など取ったが最後、ありもしないものを思い出し、たしかにリンゴの木々があって川が豊かに流れているとばかり思っていた若き日の留学先が、地面にあいた醜《みにく》い穴ぼこだと思い知らされる羽目になるのだからな」

「それが、大統領」とキャルが言った。「つい昨日まで、ここにはたしかにリンゴの木と小川があったのです」

「なんだと？」大統領がいぶかしげに言った。「ならば余は昨日ここに来ればよかったのか？　お前が言っているのはそういうことか？　モナもなのか？　モナも昨日までは生きていたのか？　つい今朝死んだばかりで、余は一足ちがいでモナに会いそこね、あと何時間か早くここに来ていれば、モナに最後にもう一度ひげをなでてもらえたというのか？」

「みんなフィルのしわざなのです。フィルが僕らの木と小川を奪っていったのです」

「そもそもフィルとやらにそのフィルが奪ったのか？」と大統領は言った。「では何者だ？　モナはお前らの木や川や何かといっしょに、どこかに監禁されておるのか？　どうもお前たちの話はわからん。余はもう若くはないのだ。最初モナは死んだと言い、つぎにフィルとかいう者にさらわれて、川や木といっしょに囚《とら》われていると言い、いったいどっちなのだ」

「あの」とキャルが言った。「モナはもう死んでます」

「むろんわかっておる！」大統領は一喝した。「余は馬鹿ではない。ただちょっと物忘れがひどくて覚束《おぼつか》なくて怒りっぽいだけだ。お前たちの言ったことはすべて完璧《かんぺき》に理解できておるぞ。モナは死んで、殺したのはフィルという男で、そのならず者がお前たちの木と川と月も盗んだと、そういうことであろう。だが妙だぞ、なんでお前たちは月なんぞを持っておったのだ？　それはちと私物化がすぎやしないか。月は皆のもののはずだ。余はつねづねそう言っていなかったか？」

「ははっ、たしかに」鏡でできた顔に、きょときょととすばしこく動く二つの目がついた大統領の補佐官が言った。「月と星々は皆のものであると、閣下はつねづね仰せでございました」

「そうだ、それと星々もだ」と大統領は言った。「星々も皆のものであるというのを失念しておった。書き留めておいてくれ、次の演説に使えそうだからな。月も、星々も、皆のものである。うむ、いいぞ」

そこに〈外ホーナー国〉市民軍を引き連れたフィルが、がちゃがちゃとやってきた。

「大統領閣下」フィルは言った。「恐れながら、この者たちは根も葉もない誹《ひ》謗《ぼう》中傷で私を陥れようとしております」

「お前は誰だ？」と大統領が言った。

「フィルであります」フィルが言った。

「フィルよ、なぜモナを殺してしまったのだ」大統領が悲しげな声で言った。

「あんなに愛くるしい娘であったものを」

「私は誰も殺しておりません」とフィルが言った。

「彼は誰も殺してません」とエルマーが言った。「モナは自然に死んだんです」

「ええい、いいかげんにせんか！」大統領はエルマーをどなりつけた。「ならばなぜそんな訴えを起こしたのだ？　なぜ罪もない者を人殺し呼ばわりするのだ？　これは重大な冤罪《えんざい》であるぞ！　だいたい余の若かりし頃から、お前たち内ホーナー人はひどく軽率であった。たとえばモナ、あの娘もじつに軽率であった。余が他所《よそ》者の外国人なのにもかまわず、チュッチュチュッチュと、まるでネジがゆるんだようにキスしてきおった。何たる軽率さよ！　だがまあそれは悪くなかった。というか、実によろしかった。むしろあの軽率さこそがモナの一番良いところであった。だが軽率もここまでとなると話は別だ。余の口ひげにキスするのはいいとしても、フィルに人殺しの罪を着せるなど、あの軽率が服を着たようなモナでさえやらなかったことだ。さあ正直に申せ。フィルがモナを殺さなかったのはこれではっきりしたとして、お前たちが誹謗中傷をしたほかの事どもを、フィルはやったのかやらなかったのか？　彼は木や川や月を盗んだのか盗まなかったのか？」

「小川と木だけです」とワンダが言った。

「では月盗みの罪状は引っこめると申すのだな？」大統領は憤慨《ふんがい》して言った。「なんという軽率さだ。余はもう何も信じられぬぞ」

「謹んで申し上げます、大統領閣下」とフィルが言った。「私はたしかに小川と木を奪いましたが、それは閣下の法令を徹底せんがためだったのです」

「余の法令が徹底されるのは喜ばしいぞ」と大統領は言った。「なにしろ首都の連中ときたら、余の法令をこれっぽっちも守ろうとしないのだからな。で、そなたが徹底しようとしたのはどの法令かね？　それは良い法令か？」

「〝〈一時滞在ゾーン〉取税法〟です」とフィルは言った。「たいへんに良い法令です」

「そんなのあったかな」大統領は補佐官たちに向かって言った。「たしかに良さそうな響きではあるが、どうも思い出せん。余はその法令を定めたのか？」

「それは状況しだいと申しましょうか」鏡の顔の補佐官が言った。「われわれはまず、みずからにこう問うてみる必要があります――この取税法に対する世論の反応はどうであるか？　国民はこの取税法に賛成なのか？　もし賛成であるなら、私めは、閣下がたしかにそのような法律をお定めになったことを記憶しております。反対に、もし国民がこの取税法に不満を持っているのであれば、私めは閣下がテーブルを拳《こぶし》で叩《たた》き、そのようなたわけた法案を持ち出した者を口をきわめて非難されたのを、はっきりと覚えております。ここはひとつ、わが国の民主主義にのっとって民意を問い、閣下が何を定められたのかを決めるべきかと」

「よかろう」大統領は鷹揚《おうよう》に言った。「では、余が何を言ったか調査いたせ」

補佐官たちはいそがしく駆けまわり、目についたすべての外ホーナー人に――というのはつまり、〈外ホーナー国〉市民軍（フリーダ、メルヴィン、ラリー）、国境警備員のレオン、そしてフィル本人のことだったが――世論調査を行った。

集計の結果、外ホーナー国民は全員一致で〝〈一時滞在ゾーン〉取税法〟に賛成であることが明らかになった。

「閣下。世論調査を受けて、いま急に思い出したのですが」と補佐官が言った。「閣下はたしかにこの法令を定められました。とある木曜のことでございます。閣下は〝〈一時滞在ゾーン〉取税法〟を制定され、それから私めがお祝いを申しあげますと、閣下は私めにもねぎらいの言葉をかけてくださいました。この法案のコンセプト作りから下準備から、何もかもやってくれてご苦労であった、と」

「うむ、重ねて礼を言うぞ」と大統領は言った。「おかげで余の人気は絶大のようだ。見よ、民の満足そうな顔を。今にも拍手喝采《かっさい》をしそうではないか」

するとフィルとレオンと〈外ホーナー国〉市民軍の一行が、いっせいに拍手喝采した。

「大統領閣下」拍手がやむと、フィルが言った。「加えまして、私を〈国境安全維持特別調整官〉に任命していただきましたことも、たいへん光栄に存じております」

「うむ、もちろんそうであろう」と大統領は言った。「なにしろあれは重要な職務であるからな。余もそなたをそれに任命したことを誇りに思うぞ。いや任命したんだろうか。どうだ？　余は、さっきのなんとやら税法といっしょに、それもやったのか？」

「ではいま一度、民意を問うてみては？」と補佐官が言った。

「ぜひ頼む」さっき民から送られたスタンディング・オベーションの感動さめやらぬまま、大統領は言った。

そこでもう一度フリーダ、メルヴィン、ラリー、国境警備員のレオン、そしてフィル本人に対して世論調査が実施された結果、外ホーナー国民は全員一致でフィルが〈国境安全維持特別調整官〉に任命されたことに賛成であることが明らかになったため、大統領が何か月か前にたしかにフィルをその職務に任命したということが補佐官たちの証言によって明らかにされたが、するとこんどはフィルが〈大統領特命勲章〉を着けていないことが補佐官たちのあいだで問題になった。さいわい、いちばん下っぱの補佐官の、むき出しの脾臓《ひぞう》の日除《ひよ》けテントに余分の勲章が一つぶら下がっているのが見つかったので、フィルが低く頭《こうべ》を垂れ、大統領がその首に手ずから〈大統領特命勲章〉をかけてやった。

「そしてお前たち」大統領は内ホーナー人たちに向かってきびしい声で言った。「これからはその軽率な行いと冤罪癖をあらため、フィルの言いつけをよく守ることだ。フィルはこれまでもお前たちのために日夜《にちや》身を粉にして働いてくれたし、これからも働きつづけてくれるであろう。そしてお前たちが非軽率でありつづけるなら、いつの日か、ひょっとしたら、お前たちが軽率にも失ってしまった木の代わりと川の代わりを、このフィルが授けてくれるかもしれぬぞ」

「ありがとうございます」とフィルが言った。

「いやいや、礼を言わねばならぬのはこちらのほうだ」と大統領は言った。「余の法令を徹底させるために素晴らしい働きをしてくれたばかりか、余をわざわざここに招いて、余の法令を徹底させるためのそなたの素晴らしい働きを見せてくれたのだからな。若者が余の法令を徹底させるのを見るのはじつに良いものだ。そなたはいわば、わが愛弟子《まなでし》のようなものよ！」

補佐官たちはふたたび大統領を大統領専用の輿に乗せ、重さのあまりよろめきながら、首都に向けて出発した。

「さらばだ、フィル君！」大統領が叫んだ。「これからもしっかり頼んだぞ！」

次の朝、フィルと〈外ホーナー国〉市民軍の一行が国境に行ってみると、内ホーナー人たちは一か所に折り重なって、小高い塔のようにぐらぐら揺れていた。しかめ面や横パドルやスラムトン特殊弁や立ち毛や尻《しり》や後退した生え際がうずたかく積み重なってできたその塔は、かつて〈内ホーナー国〉だった穴の底から生えて十メートル近い高さにそびえ、てっぺんは〈外ホーナー国〉側にあぶなっかしく傾いていた。

「何やってんだ、あいつら」とメルヴィンが言った。

「なんてぶざまなんだ」ラリーが言った。

「まるでケダモノだな」とメルヴィンが言った。「恥ってものを知らんのかね」

「そこにいくとあたしたちは」とフリーダが言った。「絶対にあんなふうに積み重なったりしないわ」

「彼ら、まるで内なる暗い衝動に囚われているみたいだな」とラリーが言った。

全員が驚いたようにラリーを見た。

「これじゃ、俺たちに不当な扱いを受けるのも無理はないよな」メルヴィンがラリーに対抗して言った。

「メルヴィン、われわれは彼らをあくまで正当に扱っているぞ」フィルがやや強い口調で言った。

「いえ、もちろん正当に扱ってますとも」とメルヴィンは言った。「俺が言いたいのは、つまり、あいつらが内なる暗い衝撃に囚われた、ぶざまなケダモノみたいな真似をしなければ、俺たちもあいつらを正当に扱うのになってことで」

「衝動」とラリーが訂正した。

「おいうすのろども、いったい何やってんだ?」国境警備員のレオンがどなった。

「〈一時滞在ゾーン〉にいなければ、税金を払わなくていいんだったよな」塔の中から誰かがどなり返した。「ちがうか?」

外ホーナー人たちは、〈国境安全維持特別調整官〉に就任したばかりのフィルのほうを見た。

「あたりまえだ」フィルは言った。「われわれの国にいることに対する税金を、われわれの国にいない人間から取るわけがないだろうが、愚か者め」

そのとき内ホーナー人たちの塔が崩れて、なだれをうって〈外ホーナー国〉側に転がりこんだ。

前代未聞の事態だった。これほどたくさんの内ホーナー人たちが、これほど深くまで〈外ホーナー国〉の領地内に入りこんだことは、いまだかつて一度もなかった。レオンが侵略行為発生を告げる大音量の警報をやっきになって鳴らし、〈外ホーナー国〉市民軍（フリーダ、メルヴィン、ラリー）がすばやく三手に分かれて内ホーナー国民を包囲した。

「これはゆゆしき事態だ！」フィルが叫んだ。「止まれ！　そこから一歩も動くな！　これ以上の侵略は許さん！　投降する意志はあるか？　即座に投降せよ！　武器を捨てろ！　みんな私の権限を知らんのか！　これは〈国境安全維持特別調整官〉の命令だ！」

内ホーナー人たちは武器なんて持っていなかったし、〈外ホーナー国〉を侵略するつもりもなかったし、転げ落ちたせいでまだ頭がふらついていたが、それでもそんなにふらついていない何人かは、かすむ目で「外ホーナー・カフェ」のほうをしげしげと眺めた。

「侵略なんかしてないよ」とエルマーが言った。「転んだだけじゃないか」

「ただちに〈一時滞在ゾーン〉に戻れ！」とフィルが叫んだ。「両手を高く上げろ！」

内ホーナー人たちは両手を高く上げ、緑色のヒモをまたいで〈一時滞在ゾーン〉の中に戻った。

「さてと、これでお前たちは完全に鎮圧されたわけだが」フィルが叫んだ。「もう一つ大事なお知らせがある。四スモロカがまだ未納のままだ」

「まだ一文無しのままだよ」とエルマーが言った。「知ってるくせに」

「ラリー！」とフィルがどなった。「彼らの資産状況を調査せよ！」

ラリーがぽかんとしてフィルの顔を見た。

「もう何もかも取っちまったと思うんですけど」ラリーが声をひそめて言った。

「もっとよく見るんだ、ラリー」とフィルが言った。「もっと観察眼を働かせろ」

そこでラリーはもっとよく見、もっと観察眼を働かせた。

「えーと」とラリーは言った。「俺に見えたのは、ですね？　ちょっとばかし残った土？　あと、これ数に入るのかどうかわからないんですけど、もしかして、服？　あいつらが着てる服、ですかね？」

「ご苦労、ラリー」とフィルが言った。「じつにみごとな調査だった。たしかに服は彼らの資産だ」

「ちょっと待ってくれ」とキャルが言った。「まさか服を取る気じゃないだろうね」

「服を取られたら、わたしたち裸になってしまうわ」とワンダが言った。

「そのかわり税金は払えるぞ」フィルはそう言うとレオンに合図をし、レオンは〈一時滞在ゾーン〉にずかずか入っていって、ガス爺のシャツを脱がせにかかった。

「わあ、やめんか！」ガス爺がわめいた。「傷が見えてしまう！」

「ガスは傷をとても気にしているのよ」とワンダが言った。

それでもレオンがシャツを引っぱるのをやめなかったので、とうとう双方の国民の目の前にガス爺の傷がさらされ、ガス爺のエントウィスル孔から、言語に絶するストレスを感じたときに漏れるひゅうひゅうという音がしはじめた。こうなるともう、彼が最左端排気口から緑色の煙を吐きながら泣きだすのは時間の問題だった。

「ああもう、いいかげんにして！」ワンダが言って、レオンのとんがり帽子を手でばしっと叩いた。

「たいへんだ、レオンが攻撃された！」ラリーが叫んで〈一時滞在ゾーン〉に突入し、はずみでキャロルとキャルが押し出されて〈外ホーナー国〉を再侵略してしまい、レオンはシャベル状の尻尾で自分の右の眉毛《まゆげ》クリップをしたたかに打った。帽子を落としたレオンは取り乱して穴から飛び出し、腫《は》れあがった眉毛クリップから血を流しながら、税金も取らずに〈外ホーナー国〉に逃げ帰った。いっぽうのラリーは、フィルがベルト通しをつかんで〈一時滞在ゾーン〉からぐいと救出した。

双方の国民は突如として発生した武力衝突に驚き、ぜいぜい荒い息を吐きながら緑色のヒモをはさんでにらみあった。

フィルがどんと地面を踏み鳴らすと、ラックから脳が滑り落ちて地面を転がり、体の中央にある嚢がはちきれんばかりに膨らんで、ファーレン延長器が第二蛇口にぺしぺし打ちつけられた。

「何という不埒《ふらち》な！」フィルは耳をつんざくような大音声で言った。「何世紀にもわたってわれわれ外ホーナー人を侮辱し、軽く見てきたことの結果が、おのずとその傲慢《ごうまん》さとなってあらわれるのだ！　その傲慢の根底には、腹の底でわれわれを自分たちより劣ったものとみなし、隷属《れいぞく》させてしかるべきと思っているお前たちの思想があるのだ。だがわれわれは断じて隷属などしない！　われわれは古《いにしえ》の昔より連なる由緒正しき血族、豊かに栄える権利を持つものなるぞ、だがお前たちはちがう、われわれの豊かに栄える権利を取り上げようとするお前らが、長年にわたってわれわれの善良さ寛大さにつけこんできたお前らが、末長く存続する権利を失っていないわけがないのである！」

じつはラリーはフィルとは高校の同級生で、脳が落ちている時間が長引けば長引くほど、フィルがどんどんおかしくなり、やがて脳のラックががたがた痙《けい》攣《れん》しだし、ついにはバッテリー切れを起こすのを知っていた。一度などは、水泳大会の最中にバッテリー切れを起こしてプールの底まで沈み、ウィンチで引き上げられてファーレー再起動装置につながれたこともあった。それからの数週間というもの、フィルはリーダー格の生徒たちからさんざんからかわれ、ファーレー再起動装置につながれているあいだの彼をまねた、胴体をぎくしゃく激しく上下させる「フィル踊り」なるものまで踊られる始末だった。

「あの、フィル……さん?」ラリーが遠慮がちに言った。「お脳、戻したほうがよかないですか?」

「私の脳など問題ではない!」フィルが叫んだ。「脳に問題があるのは、あの能なしどものほうだ! 彼らは払うべき税金を納めておらぬのだ。しかも暴力を用いて、それを払うことを拒絶したのだぞ! この悪逆非道の出来事によって、今日という激動の日は以後末長く〈暗い暗い木曜日〉として記憶されるであろう。だが同時に今日という歴史に残る記念すべき日は、われら外ホーナー人の示した勇気によって、〈輝かしき勇気の木曜日〉としても以後末長く記憶されるであろう。よって私はここに〈国家税金恩赦デー《フェデラル・タックス・マーシフルネス・オケージョン》〉を宣言するものである。略してＦＴＭＯ。そうともＦＴＭＯによってこの日をことほぐのだ! うむ、それだ! だが私はこのＦＴＭＯを弱腰ゆえに宣言するのではない、断じてちがう、むしろ誇りだ、われわれの力への誇りゆえに宣言するのだ！　では諸君、この喜ばしきＦＴＭＯのもと首都に戻り、われらが輝かしき勝利を祝うとしよう！」

フィルはそう言うと、呆気《あっけ》にとられたままの市民軍の一行を従え、国境から引き上げていった——自分の脳を小脇に抱え、市民軍の誰かがときおりこわごわ後ろを振り返るのを、何度も叱りとばしながら。

その夜フィルは、外ホーナー市の南にあるひどく薄ぎたない一角を、カッカしながらのし歩いていた。脳はさっき地面に叩きつけられたせいで形がゆがみ、ラックの上に斜めにのっかっていた。鼻の穴からはときおり火花が飛び散り、ファーレン延長器がわけもなくぴょこぴょこ跳ねた。愚かな内ホーナー人どもめ！　まったくもって腹が立つ！　ぐうたらなナメクジのごとく人さまの土地に居すわったあげく、突如として理不尽で無意味な暴力行為に打って出るとは、いかにも奴らしいやり口だ！　この俺は苦労して、やっとの思いで頭角をあらわしかけているんだ。それをあいつらは、レオンの眉毛クリップを血で汚すことで、大統領直属の〈国境安全維持特別調整官〉の権威を公然と侮辱しやがった！　ええいいまいましい！　〈内ホーナー国〉さえなければ国境地帯はいい場所になって、そうすれば俺はもっと重要な国境事業に携われるのに。たとえばそう、国境地帯をもっといい場所にするとか。フィルは内ホーナー人たちのいなくなった国境地帯を思い描いてみた。博物館なんか作るといいかもしれないな。そうだ、〈外ホーナー国〉文化博物館。正面には俺自身の銅像があって、そのまわりに古風な外ホーナー美人の若い娘たちがおおぜい群がってきゃあきゃあ騒いでる。そこに俺が出ていって、我こそはその銅像の主、博物館の創設者にしてこの国の大統領たるフィル本人であると名乗り出る——そんな場面を頭の中で思い浮かべながら角を曲がった拍子に、フィルはあやうくものすごく巨体の若者二人とぶつかりそうになった。二人とも筋骨たくましい強面《こわもて》のハンサムで、はしごに乗った小さなお婆さんに、全身に丹念に泥を塗られている最中だった。

「帰んな、人手なら間に合ってるよ」と婆さんは言った。「なにしろいま二人も雇ってるんだからね。二人でも多すぎるくらいだ」

「べつに職なんか探してないよ」とフィルは言った。「なにしろ俺は〈国境安全維持特別調整官〉なんだからな」

「あああ、そうだろうとも」と婆さんは言った。「そんならあたしは泥の女王様だ」

「それはいったい何をやってるんだ?」とフィルが訊いた。

「検査だよ」と婆さんは言った。「いい泥かどうか確かめてるのさ。見てごらん。ゆるゆるの泥もあれば、もっちり固い泥もあるだろう」

「それが何だっていうんだ」とフィルが言った。

「それが何だっていうんだ、だって?」と婆さんは言った。「国境特別何とやらかんとやらともあろうもんが、そんなこともわからないのかい! 箱に書かなきゃならないからに決まってるじゃないか、〝ゆるゆる〟なのか〝もっちり固い〟なのかをさ。わかったかい、わかったならとっととお行き。人手は間に合ってるんだから」

「きみたち、給料はいくらもらってるんだ？」フィルは筋肉ムキムキの巨体の若者たちに訊いた。

「その子らに話しかけないどくれ」と婆さんが言った。「勤務中なんだからね。それに給料なんか払っちゃいないよ、まだ見習いなんだから。給料なんてのは、仕事を覚えて一人前になってからの話だ」

「あんまりいい仕事とは言えんな」とフィルは言った。

「まあ、これも生活のためっす」一番めの泥まみれの若者が言った。

「そのうちよくなるはずだよ」二番めが言った。「俺たちが一人前になればね」

「それに故郷《くに》に帰るよかずっとマシだしな」一番めが言った。

「うん。なにしろ故郷でおっ母《かあ》に泥だの油だのラードだのを塗られてたときはさ」と二番めが言った。「給料ももらえないうえに、おっ母にずっとどなられどおしだったもんなあ」

「その点エドナは絶対どなったりしないもんな」一番めが言った。

「そりゃ、お前たちのことが好きだからさ」エドナ婆さんが言った。「お前たちはなかなか筋がいいからね」

「おいヴァンス、今の聞いたかよ」と一番めの若者が言った。「俺たち、筋がいいだってよ」

「すげえ、俺いま猛烈に感動してるよ」とヴァンスが言った。「だってよジミー、おっ母が俺たちのことそんな風にほめてくれるなんて、想像つくか?」

「おっ母が俺たちをほめてくれたことといったら」とジミーが言った。「一度だけ『お前たち、泥よりもラードを塗ったほうがちょっとだけマシに見えるね』って言われただけだもんな」

「きみたち」とフィルが言った。「ずいぶん力が強そうだな。力、強いのか?」

「俺たち、力は強いです」とヴァンスが言った。

「自慢するわけじゃないけど」とジミーが言った。「俺たち、ほんとに力は強いっす。見ててください」

そう言うと、ジミーは二本指でエドナをつまみ上げ、自分の頭の上に乗せた。「はいはい、おふざけはそれくらいにしておくれ」とエドナが言った。「さあもう降ろしとくれよ。まだ仕事は終わっちゃいないんだ」

ジミーがエドナを地面に降ろすと、エドナはまたはしごをのぼり、ジミーの首に泥を塗りはじめた。

「きみたち、私のところで働かないか」とフィルが言った。

「え！」ジミーが言った。「ひゃあ、信じらんないよ。エドナに筋がいいって言ってもらった同じ日に、誰かからスカウトされるだなんて！」

「うん、今日はすげえ日だ」ヴァンスが言った。

「あの、それってどんな仕事なんすか」とジミーが訊いた。

「そうだな」とフィルが言った。「まあ、言ってみれば私の特別の友人みたいなものだ。一種のボディガードだな。きみたちは、ただ私に言われたとおりのことをするだけでいいんだ。場所は〈内ホーナー国〉との国境地帯だ。私はあそこでさまざまな仕事をしていてね。国家の安全を守る仕事だ」

「ひゃあ、ボディガードだってよ！」とジミーが言った。「国家の安全を守る仕事だってよ！　エドナ、ごめんよ。〈泥密度検査助手〉の仕事も面白いけど、ボディガードのほうがもっと面白そうな気がするんだ」

「頭の悪いお前たちにつとまるもんかね」とエドナが言った。

「あ、それもそうか」とヴァンスが言った。

「いやいや、つとまるとも」とフィルが言った。「ちょうど彼らぐらいの頭のよさのを探していたんだ」

「ひゃあ、今の聞いたかよ、ヴァンス？」とジミーが言った。「俺たち、ちょうどいい頭のよさなんだってよ！」

「エドナ、やらせておくれよ」とヴァンスが言った。「わかるだろ。すごいチャンスなんだよ。あの、お金はどれくらいもらえるんですか？」

「おいヴァンス、図々《ずうずう》しいぞ」とジミーが言った。「べつに金なんてもらえなくたっていいじゃないか」

「一スモロカずつだ」とフィルが言った。

「ひゃあ、そりゃすげえ」とヴァンスが言った。「まるまる一スモロカも！　それをずっと持っていられたら、最高だよなあ。なあジミー、俺たち日にいくらぐらい使えば、この一スモロカを一生もたせられるんだ？」

「それは俺たちがあと何年生きるかによるな」とジミーが言った。「でも俺たちがあと何年生きるかは、今はまだわかんないだろ」

「数学はこいつのほうが得意なんです」とヴァンスがフィルに言った。

「きみたちは何か思いちがいをしているようだな」とフィルが言った。「私が言っているのは一日につき一スモロカだ。きみたちが一日働くごとに一スモロカ払うということだよ。給料としてね」

「ぶったまげた！」とヴァンスが言った。「一日につき一スモロカ！　俺たちが一日働くごとに！　給料！　てことはつまり、一週間に七スモロカだ、俺たちが一週間に七日働くとして、そうだよな？　一週間って、今も七日あるのかな？　でもとにかく、ひゃあ、俺たちこれで大金持ちだ。しかも、ただ言われたとおりのことをするだけで？」

「それだったら俺たち、得意中の得意っす」とジミーが言った。「ウソだと思ったらエドナに訊いてください。ねえエドナ、俺たち、誰かから言われたとおりにするのが得意だろ？」

「そりゃもう大したもんさ」とエドナが言った。「言われたとおりにすることにかけちゃ、この子らの右に出るもんはいないよ。やれと言われりゃ、たちどころにそのとおりにやるからね」

「なにしろ俺たち、おっ母に言われたとおりにしなかったら、庭で犬どもといっしょに寝させられたからね」とヴァンスが言った。「うちの犬ってのがまたものすごくおっかない奴らでさ。おまけに庭も最悪な庭で」

「崖《がけ》っぷちギリギリんところにあって」とジミーが言った。

「犬どもが何匹も落っこちて死んだっけなあ」とヴァンスが言った。

「そんなわけで俺たち、誰かの言うことをきくのがめっぽううまくなったんすよ」とジミーが言った。

「なんなら」とヴァンスが言った。「俺たちがどんだけ言うことをきくか、試してくださいよ。何でもいいから、俺たちにやれって言ってみてください」

「あの小屋を壊せ」とフィルが言った。

「これですか?」とヴァンスが言った。「この小《ち》っちゃい、きれいなバラ園のある小屋ですね?」

ヴァンスとジミーは、あっと言う間に素手でその小屋を壊し、中でパジャマを着たままいびつな食卓を囲んでいた一家が丸見えになった。

「何すんだ!」一家の父親が言った。

「やい、俺のきょうだいにたてついたら、ただじゃおかねえからな」とヴァンスがどなった。

「ついでに言っとくとな、俺のきょうだいにたてついたら、ただじゃおかねえからな!」ジミーがそうどなって、父親の片脚をつまんで逆さにぶら下げると、父親はとたんにおとなしくなった。

「よし、採用だ」フィルが言った。

「ひゃっほう!」ジミーはそう言うと、父親を壊れた小屋の上にぽとりと落とした。「今日はほんとに夢みたいな日だ!」

「ちょっと待てよ、ジミー」とヴァンスが言った。「正式に契約する前に俺たちから、もひとつお願いがあるんです」

「ばかよせ、ヴァンス!」ジミーが声をひそめて言った。「欲を出すんじゃない! 話がポシャったらどうすんだよ!」

「だいじょうぶ、俺にまかせとけって」とヴァンスが言った。「えーと、俺たちがもひとつお願いしたいことってのはですね。あの、ときどきでいいから俺たちのこと、ほめてほしいんです。面倒でなけりゃですけど。たとえば、俺たちが筋がいいとか、俺たちが言うことをよくきくとか。べつにウソでも何でもいいから、毎日なにかほめるようなこと言ってくれませんか」

「故郷《くに》では俺たち、ひとつもほめてもらえなかったっすから」とジミーも言った。「『ジミーこの糞ったれ、どうしてそんなに間抜けなんだい?』とか、そんなことしか言ってもらえなくて」

「それとか『ヴァンス、お前はほんとに最低だね。いっそ生まれてこなきゃよかったんだ』とか」とヴァンスが言った。

「それとか『ジミー、お前と犬とどっちかを崖から落とさなきゃなんないんなら、あたしゃお前を落とすね』とか」とジミーが言った。

「よし、じゃあこうしよう」とフィルは言った。「一スモロカに加えて、毎日きみたちそれぞれをほめてやろう」

「俺たちそれぞれを?」とヴァンスが言った。「ひゃあ。俺、てっきり俺たちのどっちか一人だけほめてくれるのかと思ってた。一日につき一人とか、それをかわりばんことか?　なのに俺たちそれぞれを、毎日ほめてくれるっていうんですか?　一スモロカをくれたうえに?」

「それぞれに一スモロカだ」とフィルが言った。「おわかりかな?」

「それぞれに一スモロカ?」とジミーが言った。

「ワーオ」とヴァンスが言った。「ワーオ、ワーオ、ワーオ。俺、なんかもう目まいがしてきた」

「夢を見て、夢を見て」とジミーが言った。「そうすれば、夢っていつかはかなうんだなあ」

「そんじゃ、エドナ」とヴァンスが言った。「悪いけど、俺たち行くよ」

「行かなきゃなんないんだ」とジミーも言った。「いいだろ？　どうか怒んないでくれよな？」

「はん、心配しなさんな」エドナは言った。「お前たちの代わりなんざ、いくらでもいるからね」

「うん、たしかにそうだ」とジミーが言った。

「俺たちみたいな奴、そのへんにごろごろいるもんな」とヴァンスが言った。

「では、これからお前たちをきれいに洗ってやろう」とフィルが言った。

「え、俺たちを洗ってくれるんすか？」とジミーが言った。

「そして制服を着てもらう」フィルが言った。

「俺たちに制服を？」ヴァンスが言った。

うれし涙にかきくれながら、ジミーとヴァンスはフィルの後について、街のひどく薄ぎたない一角を出ていった。


つぎの朝、フィルと〈外ホーナー国〉市民軍は、ヴァンスとジミーをともなって国境までやって来た。ヴァンスとジミーは、胸に〈フィルの親友隊〉と書いた、おそろいの赤いぴちぴちのTシャツを着ていた。

「さあさあ、納税のお時間だ」とフィルが言った。「またレオンの帽子を取ろうとしたら承知しないぞ。私の計算によれば、お前たちは〈暗い暗い木曜日〉のぶんの四スモロカ、プラス私が今回あらたに定めた〈輝かしき全面報復の金曜日〉、すなわち今日のぶんの四スモロカ、計八スモロカをわれわれに払う義務がある。レオン、彼らの資産状況を調査してくれたまえ」

眉毛クリップに絆創膏《ばんそうこう》を貼り、帽子を両手でしっかりと押さえたレオンは、おそるおそる〈一時滞在ゾーン〉のまわりを歩きながら、目をこらした。

「やっぱり服しかありません」彼は言った。

「では税の徴収を頼む」フィルがジミーとヴァンスに言うと、二人はさわやかに笑う双子の山のごとく、といっても、さわやかに笑う双子の山は指の関節をバキバキ鳴らしたり、胸の筋肉をぴくつかせたり、ガムをくっちゃらくっちゃら嚙《か》んだりはしないだろうが、ともかくもさわやかに笑う双子の山のごとく〈一時滞在ゾーン〉に入っていき、たちまちシャツやズボンや靴や靴下が二人の盛り上がった肩ごしにぽいぽいと〈外ホーナー国〉側に投げ入れられ、それをレオンが拾って袋の中に入れていった。

ジミーとヴァンスが外に出ると、内ホーナー人たちはすっかり裸にされたあとだった。

「フリーダ」とフィルが言った。「ではこの衣類の資産価値を見積もってくれたまえ。ここにある衣類の価値は、トータルでちょうど八スモロカほどだろうかね?」

「こ、これはいくらなんでも……」裸にされた内ホーナー人たちが、恥じ入って互いの後ろに隠れようともみあっている姿に少なからず動揺したフリーダがそう言った。

「それは『はい』という意味と考えていいのかね?」フィルが厳しい声で言った。

「はい」とフリーダは言った。「そうです」

「けっこう」とフィルは言った。「これにて税はめでたく納められた。では諸君、よい一日を」

そうしてフィルと親友隊の二人と〈外ホーナー国〉市民軍の一行は、袋の中の服をあれこれ物色しながら去っていった。

「なんて力の強い人たちなの」ワンダが言った。

「信じられないくらい強かったな」カーティスも言った。

「耐えられない」とエルマーは言った。「ひどい屈辱だよ」

「でも考えてみたら、裸ってとっても自然な状態よね」とキャロルが言った。

「うん、たしかにそうかもしれない」キャルが言った。「生まれたままの自分の体を恥じる必要なんて、少しもないんだ。ただ悪いけど、男性諸君？　うちの奥さんのこと、あんまり見ないでもらえないかな？」

「あと」とワンダが言った。「わたしのこともあんまり見ないでほしいわ。太ってて恥ずかしいんだもの」

「みんな、なぜわしの傷ばかりじろじろ見るんじゃ」ガス爺が言った。

「だったらいっそ、誰のことも見ないようにしたらいいんじゃないかしら」とワンダが言った。

「こんなの馬鹿げてるよ」とカーティスが言った。「いつまでこんなこと我慢してる気だよ？　立ち上がるべきだよ。反撃を始めるんだ」

「反撃ね、けっこうだこと」とワンダが言った。「わからない？　もし反撃なんかしたら、彼らにぶっ潰《つぶ》されるわよ。見たでしょう、あの人たちの馬鹿でかさ」

「キャル、だいたいあんたもあんただ」とカーティスが言った。「自分の奥さんが裸にされて世間の目にさらされて、おまけに子供も腹をすかせてふるえてんのに、どうして手をこまねいてられるんだよ？　二人を愛してないのかよ？どうでもいいのかよ？」

「ちょっとカーティス、キャルにからまないでちょうだい」とキャロルが言った。「うちの人はこれでも一生懸命やってるんだから」

「カーティスにそんな言い方するのはよくないわ」とワンダが言った。「この人はただ自分の意見を言っているだけじゃない」

「ああもう、内輪もめはうんざりだ」とカーティスが言った。

「べつに内輪もめなんかしてないわよ」とワンダが言った。

「してるだろ」カーティスが言った。

「これくらいで済んで、まだよかったのかもな」とエルマーが言った。

みんながエルマーのほうを見た。

「誰のことも見ないんじゃなかったのか」とエルマーが言ったので、内ホーナー人たちはその日はずっと、まっすぐ前だけを見て立っていた。ただキャルだけは、ときおり申し訳なさそうな視線を、そっとキャロルとリトル・アンディに送っていた。

やがて日が暮れ、ぎらつくスポットライトが点灯した。


その夜は凍《い》てつくような風が一晩じゅう吹きすさび、内ホーナー人たちの排気管や噴出孔からはびっしりとつららが垂れ下がった。そのため、もとは自分たちのものだった服を制服の上に着こんで夜明けとともにやって来た〈外ホーナー国〉市民軍たちの姿は、彼らの目にいっそう恨めしく映った。

「やあやあ諸君、おはよう」ワンダのニットキャップとおぼしきものを脳の上にかぶせたフィルが言った。「レオン君、いま何時かね？」

「税金タイムです」レオンが言った。

「ビンゴ！」フィルが言った。

内ホーナー人たちは無言だった。

「はてさて、しかし困ったことになったぞ」とフィルが言った。「諸君はわれわれに四スモロカを支払う義務がある。法律でそう決まっていて、諸君もその法律を知っている。なのに従うつもりはないと言う。さてと、どうしたものかなあ」

「つけにしてはどうでしょう」とフリーダが言った。

「ご提案に感謝するよ、フリーダ」とフィルは言った。「だがどうだろう、彼らが本当にそのつけを返すと思うかね？　彼らはそれほどの信用に値するだろうか？　まっとうな人々だろうか？　つい先日レオンを襲撃し、彼を流血させたのはどこの誰だろう？　あの〈暗い暗い木曜日〉の悪夢を、フリーダ、きみはもう忘れたとでもいうのかね？」

「チケットを売るってのはどうです？」とメルヴィンが言った。「で、こいつらを見たい連中に買ってもらうんです。だってほら、裸ですし」

「いや、それもだめだな」とフィルが言った。「むろんアイデアとしては悪くない。だが問題は、1、彼らの裸はすでに誰でもタダで見ほうだいだから、今さら金を取るわけにいかないうえに、2、こんなものを見たがる物好きはどこにもいないということだ。目の保養というにはほど遠い連中だからな。ただしキャロルだけは別だ。はっきり言って、キャロルはなかなかのものだ。キャロルだったら、私は金を払って見るのもやぶさかではない。どうだ男性諸君、キャロルはなかなかのものだと思わないか？」

そこでラリーとメルヴィンとレオンとフィルの親友隊はキャロルのことをじっくりと眺め、たしかに彼女がなかなかのもので、金を払って見るのもやぶさかではないことに同意した。

もしこのとき誰かがキャルのほうを見ていれば、彼のツナ缶のふたが小刻みにふるえ、ベルトのバックルがあかあかと光りだしているのに気づいたことだろう。

「そこで考えたのだが」とフィルが言った。「今さら隠しだてするほどのことでもないのだが、私は前々からキャロルのことを憎からず思っていた。そこでどうだろう、諸君がキャロルを私に差し出して、私が彼女を妻にするなり何なりするかわり、私がきみたちに金を払うというのは？　それも四スモロカどころではない、なんと十二スモロカだ。税金三日ぶんもの大金だ。どうだ、悪くない取り引きじゃないかね？」

その瞬間、キャルが〈一時滞在ゾーン〉からがむしゃらに飛び出して〈外ホーナー国〉の領地を大幅に侵略し、ツナ缶のふたを怒りでギリギリいわせながらフィルにおどりかかった。はずみでフィルのパッキン覆いがふっ飛び、脳がラックから滑り落ちた。親友隊が二人がかりでフィルの頸部《けいぶ》／胸骨連結部にかじりついていたキャルをやっと引きはがした。

「このたわけ者が！」フィルが叫んだ。「人のパッキン覆いを壊しやがって！　よくも謀叛《むほん》をくわだてたな！〈国境安全維持特別調整官〉の大切なパッキン覆いが！」

ジミーはキャルを、キャルが生まれてこのかた経験したことのないほどの高さまで持ち上げた。その間にラリーとメルヴィンはフィルの脳を取りに走った。

「きさまら！」耳をつんざくような大音声でフィルが言った。「常には心優しきわれらが民が、やむなく心を鬼にして、きさまらの強情さという名の頑迷な岩から水を引き出し、攻撃する者の立場にみずからを置いたのは、ひとえにきさまらの無為と怠惰ゆえであるのだぞ！　われわれが心優しくもかしこくも、いにしえの昔にご先祖が凶暴なる極悪な荒れ地より伐《き》り倒せしこの大切な土地をば、きさまらに貸し与えた恩を忘れたか！　今は亡き気の毒な父祖たちの、なんと一生懸命に伐り倒したことか！　それをきさまらは、その神聖なる元荒れ地に、夜陰に乗じてこそこそと忍び入り、われわれの寝首をかこうとしたのだ！　だがわれわれは銃を背負わねばならぬ、きさまらを制圧するための銃を、そしてわれわれは持ち前の不撓《ふとう》不屈の方法論と、最高級の独創性と、愛の精神とを駆使して、必ずやそれをなしとげるであろう。だが、かくも巨大かつ重大な決断を私一人で決めるわけには到底いかぬ、なぜならわれわれは民主主義国家なのだからな。よって、これより緊急に投票を行うこととする。さあ今すぐ決めるのだ——私の下したこの重大な決断を、われわれは実行に移すのか、移さないのか？」

「で、それはいったい何なんです？」とメルヴィンが言った。「その、重大な決断ってやつは？」

「メルヴィン、きみはこの非常時に指導者に意見しようというのか？」とフィルが言った。「悠長に異議など唱えている場合だろうか？　もう一度聞く。われわれは私の下したこの重大な決断、すなわちこの侵略者を解体するという決断を実行に移すべきか否か？　フリーダ、票の集計を頼む」

「解体する？」とフリーダが言った。「まさか、そんなこと！」

「おおい、みんな！」キャルが高いところから逆さに吊《つ》られたまま叫んだ。「早く、今だ！　何ぐずぐずしてるんだ！　こっちに来ていっしょに戦おう！」

「聞いたか、あれを！」フィルが言った。「奴め、この期《ご》におよんでまだ暴力を推奨しているぞ！」

ほかの内ホーナー人たちは、キャルをカフェの屋根より高く吊るしているジミーのムキムキの筋肉や冷血な顔つきを見、もしも自分があんなふうにカフェの上に吊られたまま解体されるのを待つ身だったらと考えた結果、たぶん、おそらく、現時点では、戦いに加わるのはあまり賢明とは言えないだろうとそれぞれの胸の内で判断し、ただ黙ってうつむいて緑色のヒモを見つめることを選んだ。ただ一人キャロルだけは、父親の戦いに加わろうとしてじたばたもがくリトル・アンディを必死に押さえつけながら、涙をいっぱいにためた目でキャルを見あげていた。

「さて、では採決しよう」とフィルが言った。「祖国のため、これ以上の暴力行為を防ぐために、われわれはこの侵略者を解体するのか、しないのか？」

〈外ホーナー国〉の人々は、おずおずと互いの顔色をうかがいながら、祖国のため、これ以上の暴力行為を防ぐためにキャルを解体するというフィルの決断に、全員一致で賛成した。

「では、民意を実行に移してくれたまえ！」フィルが親友隊の二人に命じた。

親友隊はキャルの上に覆いかぶさり、各種ねじ回しとペンチ二本を使って、〈外ホーナー国〉の民意を実行に移した。

ほどなくキャルは、物言わぬベルトのバックルとツナ缶、青い点、それにいくつかの連結パーツの寄せ集めにすぎなくなった。

「こいつらにもう余分の資産はないと思っていたが、どうやらまちがいだったようだな」とフィルが言った。「どうしてどうして、こんなにたくさん余分の資産があったじゃないか。その国の一番の財産は国民である、とはよく言ったものだ。フリーダ、ここにあるこの余分の資産は、まとめていくらぐらいだと思うかね？　このガラクタの山は？　四スモロカぐらいだろうか？　このツナ缶が二、ベルトのバックルが一、青い点ともろもろの連結パーツ全部合わせて一、そんなところじゃないかね？」

「はい」フリーダは泣きそうになるのを必死にこらえて言った。

「おめでとう！」フィルが内ホーナー人たちに言った。「税金はめでたく納められた。ご協力に感謝するよ」

そしてフィルは脳を元通りラックに戻すと、国家の安全のため、キャルの各部品を外ホーナー国内のできるだけ離れた場所にべつべつに収監するようレオンに命じた。

そこでレオンは手押し車を使い、同じ形の小さな湖が何千と散らばる〈南のさいはて地区〉にキャルのツナ缶を収監し、緑したたる美しい草原のいたるところ地面から牛の首が生え、通りかかる誰かれなしに辛辣《しんらつ》なイヤミをがなり立てるため、緑したたる美しい草原であるにもかかわらず、牛のイヤミ聞きたくなさに誰も住もうとしない〈東のさいはて地区〉にキャルのベルトのバックルを収監し、X字形に交差した二本組の木が見渡すかぎりどこまでも続く〈西のさいはて地区〉にキャルの各種連結パーツを収監した。

残った青い点は、フィルの命令によりガラスのケースに入れられて、見せしめのために〈内ホーナー国〉からほんの何十メートルかのところに展示された。かくして〈一時滞在ゾーン〉に立つ内ホーナー人たちは、かつてはキャルの胴体だった悲しい青い点がふくらんだり縮んだりするのを、ひと晩じゅう見ることになった。それは過呼吸しているようにも、すすり泣いているようにも見えた。

〈外ホーナー国〉市民軍のフリーダはつねづね、下半身がうんと幅広で、上にいくにしたがって先細りになっている自分の体つきを気にしていた。その体型と、肩から胴にかけていちめんに生い茂っている葉っぱのせいで、屋外で立ち止まっていたら植え込みや低い木にまちがえられたことが一度や二度ではなく、現に八歳のクリスマスのときなど、立ち止まって夜空のお星様をうっとり見あげていたら、体じゅうにイルミネーションやガラス球をいっぱいくっつけられて、泣きながら家に帰ったこともあった。そんな彼女にとって、一人娘のガートルードが葉っぱのないすらりとした美しい少女に育ち、ダンスのお教室にも通っていて、お星様を何時間見あげていてもツリーとまちがえられて体じゅうに飾りつけをされて帰ってくることもないというのは、このうえない喜びだった。

その夜、フリーダは夢を見た。夢の中でガートルードは細長い美しい壺になっていて、持ち主であるフィルがその壺を持ちあげて光にかざし、疵《きず》がないかどうか調べていた。フリーダは毛むくじゃらの小さな犬で、ぴょんぴょん飛びあがってガートルードを調べているフィルに噛みつこうとする。

「その子を降ろして、その子を降ろして」フリーダはきゃんきゃん吠《ほ》え立てた。

「どうしてそんなに悪いことばかりするの？」

「私は悪くない」フィルは言った。「私はとてもいい人間だ。私のしていることは、みんなを幸せにするのだ」

そのうちにフィルは疵を見つけ、ガートルードを壁に投げつける。ガートルードは砕けて粉々のかけらになった。

フリーダは目を覚まし、走って子供部屋に行った。ガートルードが壺でもなく割れてもおらず、ピンク色の棚板も傷ひとつなくきれいなままなのを見て、彼女はほっとして、娘の三つのバラ色のほっぺの真ん中にキスをした。

「お顔に雪が」ガートルードが寝言をいった。

フリーダは机に向かい、大統領にあてて手紙を書いた。

大統領様
　私はフィルのことを以前はとても尊敬していましたが、今日あの人は同胞を解体しました。内ホーナー人とはいえ、同じ仲間の人間をです。その人は何も悪いことをしていなかったし、奥さんや子供だっていたのです。この〈外ホーナー国〉で、こんなことが許されていいのでしょうか。そうでないと私は思いたいです。この国は大きいのだから、私たちだって大きな心を持つべきです。フィルはもう手がつけられなくなっています。誰かがあの人を止めなければなりません。お願いです、何とかしてください。私たちみんな、大統領様が頼りなのです。

　彼女はマントをはおってフードをかぶると、大統領の宮殿まで歩いていき、きらびやかに宝石をちりばめた大きな扉の下から手紙を滑りこませた。
　一番下っぱの執事が手紙を読んで、それを二番めに下っぱの執事に回し、その執事がそれをさらに鏡の顔の補佐官に回し、補佐官はそれをむずかしい顔つきで読んでから、大統領に渡した。

「これはゆゆしきことであるぞ！」大統領は叫んだ。「そうではないか？　これはゆゆしくないか？」

「それは状況しだいと申しましょうか」補佐官は言った。「閣下はどのようにお考えで？」

「うむ、余は何となくゆゆしいような気がするのだが」と大統領は言った。

「もしかしたら気のせいかもしれぬ。だがわれわれは一度もそんなことはしたことがなかったであろう？　この、誰かを解体するなどということは？」

「閣下がないとおっしゃるのであれば、ございません」と補佐官は言った。

「フィルをここに呼べ！」大統領が大声で言った。

「しかし閣下」と補佐官が言った。「いかがなものでしょう。閣下のお具合を考えますと――」

「お具合とは何だ？」と大統領はどなった。「余にはお具合などないぞ。余が病気だとでも申すのか？　余がどんどん悪くなっておると申すのか？　年老いて太って過去を懐かしみすぎるあまり、日に日に耄碌《もうろく》して右も左もわからなくなり、同じことを何度も繰り返して言ってばかりおると申すのか？」

「いえ閣下」と鏡の顔の補佐官は言った。「けっしてそのようなことは申し上げておりません。閣下が昨日よりもよけいに耄碌して太って過去を懐かしみすぎていらっしゃるということは、けっしてございません」

「まことか？」大統領は言った。「本当にそう思うか？　うん、うん、ありがとう。よくぞ言ってくれた。よし、ではこのフィルとやらをここに呼び、どういうことかはっきりさせようではないか。余が今のこの気持ちを忘れるか、この手紙をなくすか、忘れたうえになくすかしないうちにな」

　そこで鏡の顔の補佐官は手紙を書き、それを体がずんぐりして緑色の、こそこそした感じの伝令に託し、伝令はフィルのむさくるしいアパートまでぴょんぴょん跳んでいき、ひび割れだらけのドアの下にその手紙を滑りこませた。

誰かを解体する云々《うんぬん》とは一体どういうことか？　明日の朝一番に大統領閣下に拝謁するように。

大統領の宮殿はぴかぴか輝く金色《こんじき》のドームをいただき、広壮で天井の高い玄関広間には、さまざまな種類の動物の絵が飾られていた。それらの動物は、どれも大統領が料理されたのを食べるのが好きな生き物だったが、絵の中ではみんなまだ生きた姿で、毛皮もちゃんとあり、ただちょっとおびえたような顔つきをしていた。

フィルが親友隊を従えて中の間に入っていくと、鏡の顔の補佐官が彼を脇に引っぱっていった。

「ひとつ断っておくとだね」と補佐官は声をひそめて言った。「ほかでもない大統領のお具合についてだが、私はなにも大統領のお具合に何か問題があるとか、大統領がご病気だとか、それもおつむのほうが相当お悪いとか、最近とみに耄碌《もうろく》して昔のことばかり懐かしがっておられるとか、そういうことを言うつもりは一切ないのだからな」

「つまりこのアルが言いたいのはだな」まん丸な輪郭の中に同じ笑顔が縦に三つ並んだ二番めの補佐官が言った。「きみをこうして脇に引っぱっていって、大統領が最近とみにイカれておられるということをわざわざ否定したからといって、そのことで逆に大統領が最近とみにイカれておられることを暗に言おうとしているわけではけっしてない、ということなのだからな」

「そうとも」と鏡の顔の補佐官は言った。「私が言おうとしていないのは、まさにそういうことだ。ついでに言っておくと、最近の大統領はイカれておられるという事実無根の噂が宮殿外に広まることのないよう、くれぐれも協力をお願いしたいなどと言うつもりも毛頭ないのだからな。むしろ、わが国が敵対する隣国の脅威にさらされているこの非常時にあって、大統領が老いぼれて頼りなく、頭が半ばイカれているなどということはこれっぽっちも憂慮すべき事態ではないに決まっているのだから、帰ったらどうぞ好きなことを好きなように言ってもらいたいと、心からそう思っておるのだからな」

「仮に大統領がそんな状態だとしての話だがな」と笑顔だらけの補佐官が言った。

「そんな状態ではないのだがな」と鏡の顔の補佐官が言った。

「まだきみが気づいていなければの話だがな」と笑顔だらけの補佐官が言った。

「もう気づいているなら、また話は別だがな」と鏡の顔の補佐官が言った。

「そのへんは議論の余地があるがな」と笑顔だらけの補佐官が言った。

「大統領閣下がお目通りをお許しである！」口がカツラをかぶっただけの三番めの補佐官が高らかに言った。

フィルは大広間に入っていった。在《あ》りし日の輝かしい栄光を物語る数々の記念品に囲まれて座る大統領は、前に国境地帯で見たときよりもさらに太って、口ひげも何個か増えていた。

「フィルよ！」と大統領は言った。「会えてうれしく思うぞ！　フィルで合っておるかな？　思い出すぞ、あの国境での日のことを。なんと楽しいひとときであったことか！　もう二度とあのような日々は戻ってこないのであろうな。さあ、座るがよい。余はどんな風に見える？　前よりもさらに太ったであろう？　それに悲しげであろう？　このところ、余は悲しいのだ。余が何を考えていたか、わかるか？　たった今？　余はな、そなたがここに入ってきたときのことを考えておったのだ。覚えておるか？　そなたに会えて、なんとうれしかったことか！　今もありありとその時のことを思い出すぞ！　もう二度とあのような日々は戻ってこないのであろうな。もう一つ懐かしく思い出すことがあるのだが、何だかわかるか？　そなたがここに入ってきたあと、座るがよい、と余が言ったときのことだ。覚えておるか？　そなたがいま座っている椅子を余がこう、手でぽんぽんと叩いたときのことを？　おお、美しき思い出よ！　すばらしき時代よ！　もう二度とあのような日々は戻ってこないのであろうな。人生はなんとはかなく過ぎゆくことか！　つい昨日まで余は若くぴんぴんしておったのに、それがどうだ、今ではろくに立ちあがることもできぬ。太りすぎたのであろう。つい今朝まではちゃんと立ちあがれたというのに。覚えておるかアルよ、今朝、余がちゃんと立ちあがれたときのことを？　もう二度とあのような日々は戻ってこないのであろうな。それはもう、ぱっと立ちあがったものだ、そうであろう？」

「さようでございます」鏡の顔の補佐官は、フィルにちらりと目配せしながらそう言った。

「フィルよ、余は朝からじつに熱心に仕事に取り組んでおったのだ」と大統領は言った。「いちばん熱心に取り組んだことのその一は、なぜそなたをここに呼んだのかを思い出すことで、その次は、何のことで嘆き悲しむかを決めることであった。どうも最近、余の嘆き悲しみは焦点が定まらぬのだ。自分の体重のことを嘆き悲しんでいたはずが、気づくと財産のことを嘆き悲しんでおる。五十年前に言いそびれた言葉のことを嘆き悲しんでいたつもりが、気づくとズボンがあっと言う間に窮屈になってしまうことを嘆き悲しんでおる。そうかと思うと急に嘆き悲しむのを忘れ、幼少時代の家のこまごまとした思い出に何時間もふけったりする始末。何ひとつまともに嘆き悲しめぬ！　どうも余には嘆き悲しみの時間割が必要なようだ。そうすれば、時計を見て、それから時間割を見れば、自分がいま何について嘆き悲しんでいるのかが一目でわかるからな。フィルよ、余がなぜそなたをここに呼んだのか、そなたは覚えておるか？」

「はい、大統領閣下」とフィルは言った。「閣下は国境地帯の状況を報告させるために私をここに召還なさったのです。今日は朗報がございます。先日、国境付近にて恐るべき暴動が勃発《ぼっぱつ》しましたが、私はさらなる暴動の勃発を未然に防ぐことを目的とした物理的措置を講じることにより、これをすみやかに鎮圧することに成功いたしました。さらに暴動の首謀者が二度と暴動を首謀できなくするために、その首謀者の部品を分離し、地理的に遠隔の地に再配置することにより、みごとその目的を達成いたしました」

「カート」大統領は、口がカツラをかぶっただけの補佐官に向かって言った。「あれはいつのことだったであろうな、お前が広間に入ってきて、客人が参ったと余に告げたのは？　そして余がその者をここに通せと命じたのは？　おお、過ぎ去りし日々よ。あれはいつであったのか？　誰であったのか？」

「ついさっきでございます、閣下」とカートは言った。「ここにおりますフィルが参ったときに、そのように申し上げました」

「もう二度とあのような日々は戻ってこないのであろうな」と大統領は言った。「アルよ、また余の体重を計ってはくれぬか。どうも気になるのだ。ついでに口ひげも数え直してくれ。あの古きよき時代、余がまだ元気よく立ちあがれた今朝からこっち、また増えている気がしてならんのだ」

そこで鏡の顔の補佐官が大統領を体重計の上に乗せているあいだに、笑顔だらけの補佐官が口ひげの数をかぞえ、今朝は十六しかなかった口ひげが十八に増えていることを報告した。

「おお、今朝よ」大統領は言った。「まだ口ひげが十六個で元気よく立ちあがれた、うるわしき時代よ！　で、そなた余に何の用だ、フィル？　いや、余がそなたに用があったのか？　余はそなたを呼んだのか？」

フィルはいいかげんうんざりしつつも、同時にわきあがる興奮も感じていた。

これがわが国の大統領なのか？　こんな男が、愛する〈外ホーナー国〉の長なのか？　もしも〈内ホーナー国〉の奴らが総攻撃をしかけてきたら、この男が戦闘の指揮を執《と》るというのか？　たしかに国境のあのとき以来、もしや大統領閣下は自分より知力が劣っているのではないかという気は薄々していたが、もうこれではっきりした。自分こそは、危機に瀕《ひん》したわが国に残された唯一の希望なのだ。

「フィルよ」大統領は親友隊の二人を見あげて言った。「この若者たちはいったい何だ？　余の若いころを思い出すぞ、余も昔はこんなふうに大きくたくましかったものだわい。この者たちは力持ちなのか？　それともただ大きいだけか？」

「それはもう大変な力持ちです」とフィルが言った。「ご覧にいれましょうか？」

「ああ、頼む」と大統領は言った。

「ジミー」とフィルは言った。「このドームを持ちあげろ」

ジミーはすっくと立ちあがり、片手を上げて宮殿のドームを頭上高く持ちあげた。

「わはは！」と大統領が言った。「あっぱれじゃ！　見ろ、鳥が中に入って来おる！　これはじつに大したものだわい！」

「ではジミー」とフィルは言った。「ドームを持ちあげたままそこの壁をまたぎ、ドームを私のアパートまで運べ。終わったらまた帰ってこい」

「こいつは見ものだ！」大統領が喜んで手を叩きながら言った。

ジミーはドームを持ちあげたまま宮殿の壁をまたぎ、フィルのアパートのある方角に去っていった。

「おかげでずいぶんと日当たりがよくなったぞ、のう？」大統領は言った。「そっちのもう一人の者はどうだ？　やはり力持ちなのか？」

「ヴァンス」とフィルが言った。「壁を両脇に一枚ずつかかえ、それも私のアパートまで運べ」

「はん！」と大統領は言った。「それはそう簡単にはいかんぞ。壁を両脇に一枚ずつなど。は！　エド、聞いたか？」

「はい、閣下」笑顔だらけの補佐官はそう言って、フィルを急に尊敬のまなざしで見つめた。

ヴァンスは北側の壁を片方の脇にかかえ、南側の壁をもういっぽうの脇にかかえ、東側の壁をまたいでフィルのアパートの方角に去っていった。

「なんと！」と大統領は言った。「たったの二枚しか壁がなくなってしまったぞ！　正直、壁が四枚ともあって天井もあった日々のことが余は少々懐かしくなってきておる。懐かしすぎて涙が出そうだわい！　覚えているかアルよ、ここに壁が四枚ともあったときのことを？　だが余は信じておるぞ、天井と壁がみんな戻ってくる日のことを。きっとすぐに戻ってくるはずだ、そうであろう？　すぐに戻ってくるのだろうな？」

ジミーがドームなしで戻ってきて、東側の壁をまたいだ。

「さてご覧ください、大統領どの」とフィルが言った。「このジミーはもう疲れているとお思いでしょうが、さにあらず。ご覧にいれましょう。ジミー、残りの壁をそれぞれの脇の下にかかえて、私のアパートまで全速力で走ってい け」

「走って？」と大統領は言った。「それはちとやりすぎではないか？　あまり無理をしてもらわずともよいぞ」

ジミーは東側の壁を片方の脇の下にかかえ、西側の壁をもういっぽうの脇の下にかかえると、全速力でフィルのアパートのある方角に走っていった。

「うむ、うむ」と大統領は言った。「大したものだ。たしかに力の強い若者たちだ。あの二人がそなたの部下なのか？　余の補佐官どもは気のいい連中ではあるが、とてもあそこまではできまい。どうだお前たち、あんなことができるか？」

補佐官たちはもぞもぞと、いえ、たぶんあそこまではちょっと、と答えた。

「さてと、大統領どの」とフィルが言った。「そろそろ帰らせていただきますよ。国境地帯に戻って税を徴収しなければいけませんのでね」

「はっはっ、フィルよ」と大統領が言った。「大した辣腕《らつわん》だな。ほめてつかわすぞ。ただ、そのう、今すぐにとは言わんが、あの大きな若者たちに言って、宮殿を元に戻してもらいたいのだがな。いつごろ戻してくれるだろうか？　一時間後か？　それとももうちょっと後かな？」

「今日はとても忙しいんですよ」とフィルが言った。「さっきも言ったように、国境地帯がきなくさいんでね」

「では、明日か？」大統領が言った。

「明日もちょっと無理だなあ」フィルが言った。

「だがな、フィルよ」と大統領が言った。「余は大統領であるのだから、その、宮殿がないと困るのだよ。でないと……」

「はっきり言って、あの宮殿はしばらく預かっとこうと思ってるんですよ」とフィルが言った。

「だがフィルよ」と大統領は言った。「どうもいま一つ釈然とせんのだが。そなたが大統領なのではなく、大統領は余であって、大統領専用ネクタイを巻いているのも余なのだから、宮殿をいつ戻してもらうか決めるのは余であっていいような気がするのだが。そうではないか、アル？　余はまちがっておるのか？」

鏡の顔の補佐官は返事をしなかった。

「それ、いいネクタイですね」とフィルが言った。

「ああ、これか。良いであろう？」と大統領が言った。「見たいか？　もし見せてやったら、宮殿を返すことを考えてくれるか？」

「ぜひ見たいなあ」フィルはそう言って、大統領からネクタイを取りあげると、自分の首に巻いた。

「うん、まあ、なかなか似合っておるぞ」と大統領は言った。

「とてもよくお似合いです」鏡の顔の補佐官が言った。

「最高によくお似合いです」笑顔だらけの補佐官が言った。

「おお、余は思い出す、あの大統領専用ネクタイが余の首に巻かれていたころのことを」大統領は力なくつぶやいた。「はるか昔のことのように思える。だがほんの何分か前のことなのだ、そうなのだな？」

「ああ、そうだね」とフィルが言った。

大統領のたくさんの口ひげの奥に、ゆっくりと理解の色が広がっていった。

「もう二度とあのような日々は戻ってこない、そうなのだな?」大統領は言った。

「そうだよ」フィルが言った。

「大統領閣下」鏡の顔の補佐官が言った。「いえ、前大統領どの。往年の力をなくされ、すっかり衰えてしまわれたとはいえ、あなた様にお仕えできたこと、私にとってはまたとない喜びでありました。ですが、あたら働き盛りのこの身を、あなたのような主人に捧《ささ》げねばならぬことは、正直なところ私にとって少なからぬ損失であったこともまた付け加えないわけにはまいりません。力も勢いもある方にお仕えすることもできるのに、日に日に衰えてゆくあなたのような方にお仕えせねばならないのですから。野心と知恵のある人間というのは、いつの世も力に魅《ひ》きつけられるものなのです。その点このフィル様は、あなた様ももうおわかりのとおり、たいへんな力をお持ちです。ただ力があるだけではない、日に日にその力を増しておられる。それはあなた様も──」

「アルよ、余を見捨てるのか？」大統領が言った。

「申し訳ありません」鏡の顔の補佐官は言った。

「エド、お前もか？」大統領は笑顔だらけの補佐官に言った。「お前も余をおいてフィルの元に行ってしまうのか？　もうすでにフィルが大統領なのか？　お前たちが申しておるのは、つまりそういうことか？」

笑顔だらけの補佐官は目を落とし、たくさんある笑顔の一つを悲しげにくもらせた。

「おお」大統領は言った。「余はありありと思い出す、遠い昔、つい今朝のこと、お前たちがみんなして余にうやうやしく衣を着せてくれたときのことを。あの日々をいつまでも忘れまい。礼を言うぞ、お前たち。だがなアル。余はどうも、このフィルなる輩《やから》が信用できぬのだ。気をつけるのだぞアルよ。このフィルという者のことが、余は少しく恐ろしい。たしかに実行力はある、だが──」

「お言葉ですが」と鏡の顔の補佐官が言った。「私どもの大統領閣下を誹謗《ひぼう》するのはやめていただきたい」

「さよう、反逆罪に問われかねませんぞ」笑顔だらけの補佐官も言った。

「ああ」前大統領は言った。「そうか」

そしてフィル大統領と補佐官たちは、かつて大統領の宮殿だった、いまや広々とした庭園の中にきらびやかな床が残されただけの場所から、さっさと引き上げていった。

「これからどちらへ、大統領閣下？」鏡の顔の補佐官が言った。

「むろん大統領の宮殿だ」とフィルが言った。「これから私の就任式と就任パーティを開くのさ」

「なんとすばらしい」鏡の顔の補佐官が言った。「新大統領が楽しいパーティを好まれるお方とは！」

「なにしろ前の大統領ときたら」と笑顔だらけの補佐官が言った。「さっぱりパーティを開いてくれませんでしたからな」

「ただの一度もです」そういう鏡の顔の補佐官は、前の大統領が毎晩のように開いていたパーティの一つで、調子に乗ってガラスクリーナーをやりすぎて一瞬前が見えなくなり、笑顔だらけの補佐官と正面衝突して眉間《みけん》に細いひびが入ってしまったのを、いまだに気にしていた。

「いざ、大統領宮殿へ!」口がカツラをかぶっているだけの補佐官が高らかにそう叫んだが、勢いよく頭をそらしすぎたせいでカツラが後ろに飛び、一瞬ただの口だけになった。

　新しい大統領宮殿、といっても前の大統領宮殿の壁をフィルのアパートの周囲に立てかけ、その上から金色《こんじき》のドームを斜めにのっけたものだったが、その宮殿で就任パーティが夜おそくまで繰りひろげられた。外ホーナー人たちは外ホーナー人であることの誇りに酔いしれて、トルエン容器をなみなみ満たして部屋じゅうを千鳥足で歩きながら、外ホーナー人が宴会でいつも歌う『大きい、大きい、大きいわが祖国（たぶんぜったい最大さ、だってこんなに強国なんだもん！）』をがなりたてた。

フィル親友隊の二人は隅のほうに座り、フィルがそれぞれのために吹き込んだ「おほめテープ」をヘッドフォンで聴いていた。

「ワーオ、すげえ！」ジミーが大きすぎる声で言った。「いま、俺の二の腕はすばらしく太いって言ってくれたぜ！」

「俺だって」ヴァンスも大きすぎる声で言った。「いま、命令を実行しているときの真剣な顔つきがいいって言ってくれたぜ！」

「俺が誰かをつまみ上げるときの背筋の盛り上がりがいいって！」ジミーがどなった。

「俺には協調性がある！」ヴァンスがどなった。

「俺にはほかの誰にもわからない深い知性がある！」ジミーがどなった。

乱痴気騒ぎが最高潮に達したころ、フィルがジミーの肩の上によじのぼり、ファーレン延長器をぴょこんと挙げて高らかに敬礼をした拍子に自分の脳を叩き落としてしまい、脳はポテトチップスのボウルの中にずぼんとはまった。「民よ！」彼は耳をつんざくような大音声で言った。「ひとつわれわれについて話そうではないか！　われわれとはいかなる民であるか？　われわれは雄弁な民であり、だが寡黙な民である。われわれは感性豊かで、だがみっともなく感情をさらけ出すことをしない。われわれは意志が強いが決して強すぎるということはなく、楽しみを愛するが自分たちが阿呆に見えるような馬鹿げた楽しみ方はしない、もしもそう見えるときは、みずからの意思でそうしているのである。民意はさまざまだがまとまっている。われわれのやることなすことすべてが正しく、たとえばえげつなさが求められる時はえげつなくなることもでき、しかしそのえげつなささえもあくまで品よく、といってその品の良さは決してお高くとまった嫌味な品の良さではないのである。そしてわれわれは程よさの度合いさえも程よく、もし仮に程よくないほどに程よかったり、目に余るほど派手派手しかったとしても、それはあえてそうしているのであり、そんなときわれわれの派手派手しさはそれはもう信じられないくらいすばらしくいい感じに派手派手しいのである！　そしてわれわれが過《あやま》ちを犯すとなったら、その過ちはほかのどんな国が犯す重大な過ちにもまして壮大でスケールがでかく取り返しがつかず、われわれがみずからの犯した過ちを認めないとなったら、われわれは心の底から誠心誠意それを否定し、われわれが過ちを認めるとなったら、われわれの途方もない率直さは聞く者の心を動かさずにおかないだろう！　どうだ、わかるか？　私はこれをよく言えているか？」

「そうとも！」とラリーが叫んだ。「最高によく言えてるぜ！」

「そうだ！」フィルが言った。「私がこれをよく言えているということは、すなわち私のいま言ったことは正しいということの動かぬ証拠である！　われわれの由緒正しい尊い財産は、何世紀にもわたる正しい行いを経て、最高級で最先端の国家に進化したのだ。その国家は長らくあのデブの老人の誤った治世のもとにあったが、ついに真にふさわしい指導者を得たのだ！　あの太っちょの爺さんは許しがたいほどに頭のネジがゆるんでいたばかりでなく、はなはだしくでたらめだった。内ホーナー人どもが理由なき突発的暴力に走る危険な連中だと知っていながら、国境にあんな申し訳程度のヒモ一本しか置かず、あれでは日々こう宣伝していたも同然だ、さあみなさん、どうぞ遠慮なく侵略なさってください、そしていたいけなわが国の眠れる赤ん坊の上に、どばどば理由なき突発的暴力をまき散らしてください、余は自分のたくさんの腹と口ひげを気にかけるので手一杯ですのでな、と！　言っておくが諸君、私はでたらめでもなければ頭のネジがゆるんでもいない、腹は一つしかないし口ひげもない、そして私には自国民の安全よりほかに気にかけるものなど一つもない。よって私はここに大統領就任後初の国務として、私の考えた画期的な〈国境地帯改善プラン〉を発案するものである！　さあ、賛成する者は？　私のプランを承認するこの〈全面同意書〉に、我こそはサインしようという者は？」

「で、その中身は何なんです？」とメルヴィンが言った。

「中身が何かなんてどうだっていいだろ」とラリーが言った。「お前、フィルさんが信じられないってのかよ」

「もちろん信じてるさ」とメルヴィンが言った。「俺なんか、お前がフィルさんを信じてるのの倍、フィルさんを信じてるんだからな」

「だったらなんでさっさと〈全面同意書〉にサインしないんだよ」とラリーが言った。

「貸せよ、サインすらあ」とメルヴィンが言った。「読みもしないで、一瞬でサインしてみせるぜ」

「俺なんか、見もしないでサインするもんな」とラリーが言った。

「俺なんか、目をつぶったままサインしちゃうもんな」と国境警備員のレオンが言った。

「じゃあ俺なんんか、目をつぶって、そっぽを向いたままサインしちゃうもんな」とメルヴィンが言った。

かくしてラリーとメルヴィンとレオンと親友隊の二人と補佐官たちは一列に並び、顔をそむけ、目をつぶったまま〈全面同意書〉にサインした。

みんながじっと見るので、仕方なしにフリーダもサインした。

「ご苦労、フリーダ。よくサインしてくれた」とフィルは言った。「これで全員がサインした。つまり全員が私の〈国境地帯改善プラン〉に全面的に同意したわけだ。ただし、フリーダ？　きみが目をつぶってそっぽを向いてサインしなかったのは少々残念だったがね。まあいいさ。とにもかくにもサインしてくれたんだ。ほかのことは問題じゃない、それほどはね」

と、そのとき、おもての通りで誰かがすさまじい大音量でえへんと咳《せき》ばらいをしたので、衝撃でフィルの脳の入っていたポテトチップスのボウルがテーブルから落ち、脳は転がってカウチの下に入った。

「虫、パンくずを運搬！」その誰かが外で叫んだ。**「他の虫たち、感動のあまり声なし！」**

「水、坂を下って溝に流入！」別の誰かが叫んだ。

「空気、依然として周囲に存在、多数に吸引さる！」さらに別の誰かが叫んだ。

フィルが窓の外を見ると、鎖骨のところからメガホンを生やした、洒落《しゃれ》た身なりの小さな男が三人いた。

「**男、通行人を凝視！**」一番めの小さな男が叫んだ。

「そこで何してる?」とフィルが言った。

「**男、質問を提示、回答を要求！**」三番めの小さな男が言った。

「**著名報道人ら、まもなく回答へ！**」一番めの男が言った。

「**マスコミの説明責任、どこまで？**」二番めの男が言った。

「われわれ、マスコミの者です」一番めの小さな男がメガホンからでなく、尻のほうについている、ニカニカ笑った形の口から普通の声で言った。

「事件らしい事件が何も起こらないんで、こうして予行演習しているんです」

二番めの男が言った。

「いつ何が起こってもいいようにね」三番めの小さな男が言った。

「**夜深まり、空、依然暗いまま！**」一番めの小さな男が言った。

「お、今のナイス」と二番めが言った。

「うん、けっこう重要なことじゃないかって気がしてさ」一番めの男が言った。

「**著名報道人、別の著名報道人より賞賛さる！**」二番めの小さな男が言った。

「著名報道人、著名報道人による著名報道人の賞賛を報道！」三番めの小さな男が叫んだ。

「マスコミ、自己に言及しすぎの是非？」二番めの小さな男が叫んだ。

「犬、自身の尻をチラ見しつつ茂みに放尿！」

「君たち、明日ぜひ国境地帯に来てくれたまえ」とフィルが言った。「じつは明日あそこでデカいことが起こるんだ。国境周辺にはわが国と激しく敵対する凶暴なならず者集団がいて、われわれが日々取り締まっているのだが、このたび私の〈国境地帯改善プラン〉に対して国民の全面的な賛同が得られたので、明日いよいよ作戦を実行に移す運びになったのだ。楽な戦いではないだろう。かなりの力業《ちからわざ》が要求される。われわれはこれまでにも国家の安全のために数々の危険で困難な任務をなし遂《と》げてきたが、明日はこれまででもっとも危険かつ困難なミッションになるだろう。もし諸君のような熟練した真実の伝達者がその場にいて、国の命運を分ける重大な決戦を支援してくれるなら、じつにすばらしいんだがな。むろん必要経費はこちらでもつし、ささやかながら給金も支払わせていただくよ」

「待ってくださいよ」一番めの小さな男が言った。「あなたが首に巻いているそれ、もしや大統領専用ネクタイじゃありませんか?」

「なんてことだ」二番めの小さな男が言った。「あなた、大統領なんですか?」

「大統領は太った小さい口ひげだらけの老人だとばかり思ってたんだが」三番めの小さい男が言った。

「それは前の大統領だ」とフィルが言った。

マスコミの小さな男たちは、自分たちの果たす重大な役割にこれほど細やかな理解を示せる人物が新大統領に就任したことに、たちまち有頂天になった。なにしろ前の大統領ときたら、せっかくの自分たちの日々の報道の努力に、やれ関節炎にひびくだの、やれ大統領専用食器戸棚の中の大統領専用カップにひびが入っただのと、文句を言うことしかなかったからだ。

「**新大統領、国境紛争の全面解決を約束!**」一番めの小さな男が叫んだ。

「**新ボス登場・本当の平和を見せてやる!**」二番めが叫んだ。

「で、ぼくら何時ごろ行けばいいでしょうか！」三番めはそう叫んでから、個人の見解と、中立を期すべきメディアの見解とを混同してしまったことに気づき、職業倫理にのっとり、尻についている口から同じ質問をもう一度発しなおした。

「物事が動くのはつねに夜明けだ」フィルが言った。

「だったら今から練習しとかなくちゃな」三番めが言った。

「月と星、依然として空に浮かぶ！」一番めの小さな男が叫んだ。

「近隣の住民女性、すごい形相でブラインドを閉鎖！」二番めが叫んだ。

「独占スクープ国境紛争・シリーズ第一弾は明日！」三番めが叫んだ。

「うーん、いい響きだねえ」一番めが言った。

「今からどこかで防弾チョッキ、買えるかなあ」二番めが言った。

「領収書をもらっておいてくれたまえよ」フィルが言った。

　小さい男たちの声は風に乗って〈外ホーナー国〉の涯《はて》の涯まで流れていき、ついには――〈外ホーナー国〉といえども国土は無限ではなかったので――〈外ホーナー国〉を幅十五センチほどの帯状の輪となって取り囲んでいる〈大ケラー国〉にまで届いた。

〈大ケラー国〉の国土は限りなくゼロに近いくらいに幅が狭く、めったに訪れる人もないかわりに侵略されることもまったくなかったため、国はとても豊かに繁栄していた。総勢九名からなる大ケラー国民たちは、大統領を先頭に一列に並び、日がな一日にこやかに、なごやかに、しずしずと歩を進めつつ、そのときたまたま目に入った〈外ホーナー国〉のさまざまな地域の眺めのことや、そのときどきで飲んでいるコーヒーの味わいの微妙なニュアンス、はたまた前を歩いている人の背中を後ろから眺めたときにふと胸にわき上がった感興などについて、いつ果てるともないおしゃべりに熱心にうち興じていた。

「総員、一時停止！」リック大統領はそう号令をかけると、〈外ホーナー国〉

の領空に身を乗り出して、耳に手をやった。「〈外ホーナー国〉で、誰かが大きな声で何か興味深いことを言っているようだ。新大統領がどうかしたとか」

「前の大統領はどうしてしまわれたのでしょう」と大統領夫人《ファーストレディ》が言った。

「うん、じつに鋭い指摘だね、お前！」とリック大統領が言った。「では国をあげてそれについて話し合うとしよう。この件をテーマに国じゅうでたっぷりと会話を楽しみ、〈国民総楽しさレベル〉のなお一層の向上に努めようではないか。はたして前の大統領は引退したのか？　それとも失脚したのか？」

「それともお亡くなりになったのかしら？」とファーストレディが言った。

「だとしたら、最期の言葉は感動的なものであったかしら？」

「それとも恨みたっぷりの、未練がましい最期だったかしら？」と大統領の娘《ファースト・ドーター》が言った。

「あらあなた、それはないと思いますよ」とファーストレディが言った。「覚えているでしょう、あの方がここにいらしたときのこと」

「うん、あれは実にあっぱれな人物だった！」とリック大統領は言った。「あ

げなけとうこ歩

のように小さく太った体でありながら、なんとか円周に沿って歩こうとけなげに努力をしておられた！」

そうして大ケラー国民たちは、稀な訪問者の一人であった〈外ホーナー国〉前大統領が、三本脚とたくさんの腹のために円周上をうまく歩けず、何度も彼らの国からはみ出して、うっかり自分の国に帰国してしまったときのことを、しみじみと思い起こした。

「そして、その新しい大統領というのはどんな人物でしょうか？」と言ったのは国民No.5、すなわち先頭から数えて五番めのレノアだった。「新しい大統領は古い大統領と同じくらい、あっぱれな方でしょうか？　おしゃべりが好きな方でしょうか？　気さくな方でしょうか？」

「そして円周上をうまく歩けるだろうか？」とリック大統領が言った。「そこのところが何といっても重要だ。円周上を歩きつつ、コーヒーを飲みながら、会話を楽しむのが好きな方であろうか？」

「そもそもコーヒーがお好きでしょうか？」国民No.8のケヴィンが言った。

「ひょっとして、まさか、コーヒーよりも紅茶が好きな方だったら？」ファースト・ドーターが言った。

その不吉な考えに、〈大ケラー国〉の全国民が静まりかえった。

「いちどわが国にお招きするべきですわ」とファーストレディが言った。「そうすれば私たち、大統領が来訪なさるまでの何日間かを楽しみに待ち暮らせますし、来訪のあと何日間も、それがいかにすばらしい来訪だったかを語り合えますもの。そうしたらきっと私たち、すばらしく楽シクなれますわ！」

「クリフ君」大統領が国民No.4に言った。「現時点でのわが国の情勢を教えてくれたまえ。いま現在、われわれの人生は、どれくらい豊かで喜びに満ちているだろうか？　われわれはどれくらい充実した人生を送っているだろうか？」

「さようでございますね」と、〈国民総楽しさレベル査定官〉のクリフが言った。「われわれのカップの中には半分ちかくコーヒーが残っており、しかもそのコーヒーはまだ温かく、たった今ファーストレディが回してくださったおいしいクッキーもあり、さらには〈外ホーナー国〉大統領の来訪をめぐってにわかに国民の興味がかき立てられたこともあり――わが国の現時点での楽しさは、10ポイント中おおよそ8ポイントといったところではないかと」

「すばらしい」リック大統領が言った。「われわれは、じゅうぶんに楽シンデいるようだ！」

「わたしたちの人生は豊かなのね」とファースト・ドーターが言った。

突然、国民No.7のケリがホイッスルを吹いた。

「午前の逆行タイム！」リック大統領がうきうきと号令をかけると、〈大ケラー国〉の国民たちが一斉に地面に伏せ、大統領が国民たちの伏せた体の上をしずしずと踏んで列の先頭に立ち、それに続いてファーストレディも国民の伏せた体の上をしずしずと歩き、それに続いてファースト・ドーターも国民の伏せた体の上をしずしずと歩き、それに続いて残りの人々も同じようにし、そうしてついには大統領を先頭に、先ほどの列をちょうど裏返しにした列が完成した。

「誰かに招待の使いを頼みたいのだが」と大統領が言った。「デール君。頼まれてくれるかね？」

「喜んで」とデールが言うと、ファースト・ドーターがぽっと頬を染めた。大統領夫妻はまだ知らなかったが、じつは彼女とデールは互いに思い合っていた。だがあいにくとデールが国民No.9であったために、二人のあいだには五人の国民がはさまっており、恋人同士が二人きりになるチャンスはなく、わずかに〈逆行〉のとき、地面に伏せたデールの上を彼女がしずしずと歩くのが唯一の触れ合いだった。

デールはファースト・ドーターに愛情のこもったまなざしを素早く投げてから、〈外ホーナー国〉の〈西のさいはて地区〉に向けて大きな弧をくりかえし描きつつ歩きはじめた。子供のときから円周上を歩くよう訓練されてきたせいで、大ケラー人はみんな、そういう風にしか歩けなかったのだ。

もしこの使命をうまく果たすことができたなら、とデールは考えた。僕の株がぐっと上がって、うまくいけば大統領に〈順列変更願〉を出せるかもしれないぞ。

「では、そろそろ行くとしようか」リック大統領が言うと、国民No.7のケリがホイッスルを吹き、そうして〈午前の反時計回り周行〉がスタートした。

フィルが来るのを待つあいだ、内ホーナー人たちは〈一時滞在ゾーン〉の中で寒さに震えて立ちながら、一日じゅうキャルのことを思って罪の意識にさいなまれていた。人間、罪の意識にさいなまれるとほかの誰かを責めたくなるものだが、彼らが責めることにしたのは、自分たちがその死を心の底から悲しんでいる当人のキャルだった。

「まったくなに考えてたのかしら、頭がおかしいとしか思えないわ」とワンダが言った。「無鉄砲にもほどがあるっていうのよ」

「そりゃあ俺も反撃を呼びかけはしたけどさ。あれはそういう意味じゃなかったんだ」カーティスが、小さな青い点のほうを後ろめたげに横目で見ながらそう言った。

「じゃあどういう意味だったのよ」とキャロルが言った。

「そりゃあ、もっとこう、対話的な反撃っていうかさ」せわしなくまばたきしながらカーティスが言った。「ある一定期間、挑戦的だけれどあくまで穏やかなことをいろいろ言ってみて、そしたら向こうも俺たちに対する態度を見直してくれるかもしれない、みたいなさ」

そのとき、大統領のファンファーレによく似たファンファーレが鳴りひびき、大統領の輿《こし》にそっくりの輿が向こうからあらわれ、大統領の補佐官とおぼしき人々がそれを担いでいるのが見えたが、なぜか大統領が座っているべき場所に座っているのはフィルみたいに見える人物で、しかもそのフィルみたいに見える人物は大統領専用ネクタイを首に巻き、得意の絶頂で満面の笑みを浮かべていた。

「ウソだろ」とエルマーが言った。

するとフィルは、今までに一度もやったことのないことをした。自分で自分のラックのボルトをひっこ抜いたのだ。なぜ自分で自分のボルトをひっこ抜いたかというと、すでにたっぷりと大統領的な気分を味わってはいたものの、そこに脳が滑り落ちたときに全身にみなぎる全能感をプラスして、ますますたっぷり大統領的気分を味わおうと考えたからだった。

ところがボルトをひっこ抜いても何も滑り落ちてこなかった。

彼はあわててラックの上に手をやり、みるみる青ざめた。

高校のときの記憶が恐怖とともにまざまざとよみがえった。激しく痙攣するラック、ゆっくりとプールの底に沈んでいく自分、目が覚めたときにはファーレー再起動装置につながれて口もきけず、手足は勝手にばたばた暴れ、体の平《パ》皿《ン》からは油圧オイルがこぼれて排水口に流れこんでいた。

「者ども！」彼は耳をつんざく大音声で、タガがはずれたように叫んだ。「ぐずぐずするな！　計画の第一段階に取りかかれ！」

親友隊の二人が、馬鹿でかいリュックの中から杭穴《くいあな》ドリルと太い杭を八本、それに有刺鉄線の束を取り出して、目にも留まらぬ速さで〈一時滞在ゾーン〉の周囲に穴を八つ掘り、杭を立て、杭のまわりに有刺鉄線を張りめぐらせ、看板をかけた。看板にはこう書いてあった――〈平和促進用隔離区域〉。

「何だよこれ、牢屋《ろうや》か？」とエルマーが言った。

「わたしたちを監獄に入れるつもり？」ワンダが言った。

「内ホーナー人どもの考えることは、これだから陳腐で困る」とフィルは言った。「監獄と〈平和促進用隔離区域〉の区別もつかないとはな！　この〈平和促進用隔離区域〉の中にいれば、お前らは自分のもって生まれた暴力的性質から保護されるし、われわれもお前らから保護される。これぞまさに〝ウィン＝ウィン〟の関係だ」

　するとそこに、防弾チョッキを着こみ、メガホンを倍の大きさのものに取り替えたマスコミの小さい男たちが、あわただしく到着した。

「どうも、遅くなりました！」一番めの小さい男が尻のほうの口から言った。

「もう始まっちゃってますか？」二番めの小さい男が言った。「いま、どんな状況でしょう？」

「〈国境地帯改善プラン〉の第一段階がちょうど終了したところだ」とフィル

が言った。「これよりすみやかに第二段階に取りかかる」

親友隊の二人が「外ホーナー・カフェ」の裏に消えたかと思うと、木製の巨大な手押し車に、土、シャベル、リンゴの木、水の入った樽《たる》、それに水槽らしきものを山積みにして戻ってきた。

「あの穴ぼこを埋めもどせ！」フィルが言った。「そして木を植えよ。小川を元通りにしろ。ただし前より幅を広くな。そして川に魚を放て！　やっと父祖伝来の土地を取り返すんだ。どうせなら見目よくしたいからな！」

親友隊の二人はシャツを脱ぎ、日焼けオイルを体にすりこむと、あっと言う間に、かつて〈内ホーナー国〉だった穴ぼこを埋めもどし、新たなリンゴの木を植え、川幅を広げ、流れに魚を放った。

「大統領、醜い泥穴を緑の楽園に生まれ変わらせる！」一番めの小さい男が叫んだ。

「国境地帯の紛争、ついに平和的解決！」二番めの男が言った。

「優れた指導者の圧倒的偉大さに全国民が熱狂！」三番めが言った。

そうとも、とフィルは思った。俺は偉いんだ。あのどん底生活からここまで、我ながらよく這《は》い上がったもんだ。フィルは自分の生まれ育ったみじめなボロ家のことを思った。小さなキッチンは一家が座るには狭すぎて、母親が冷蔵庫のドアを開け閉めするためには父親が流しの中に座らねばならず、父親がアイロン台を出すときには母親が冷蔵庫の上に登らなければならなかった。そして父親が家を出ていってしまったあとの、あの暗黒の日々。キッチンが急に広くなって冷蔵庫を開け閉めするには困らなくなったが、冷蔵庫が空っぽになってしまったので開ける理由もなくなった。なぜ父さんはいなくなってしまったのか？　理由は明白だった。ある日、一家で国境地帯にピクニックに行ったときのこと。父さんがふざけて石を、なに石といったってごく小さなやつだ、石というよりほとんど砂利《じゃり》に近かった、それを何個か〈内ホーナー国〉の中に投げ入れた。すると、他意のない軽いユーモアなどという高等なものを理解する頭のない内ホーナー人の一人が、そいつの排気穴の中に石が入ったとか文句を言って、国境警備員を呼びつけた。当時の国境警備員はスミッティという名の、洒落の通じない、明らかに内ホーナー人がかった奴で、そいつが父さんに向かって石を投げるのをやめろ、内ホーナー人を苛《いじ》めることは厳密には法律で禁じられている、と言ったのだ。そのときの気の毒な父さんの顔！　本当にばつが悪そうだった。俺にははっきりとわかる。したり顔でニヤつく内ホーナー人どもの面前で、しかも妻と息子の見ている前で、公然とたしなめられた屈辱が、父さんを狂わせてしまったのにちがいない。

その一週間後に父さんはいなくなり、二度とフィルがその姿を見ることはなかった。

ああ、父さんに今の俺を見せてあげたい！　父さんはつねづね内ホーナー人はこの世のゴミだと言っていたが、今まさにこの世からゴミが一掃されようとしているのだ――この俺の手によって！

さて、いよいよ第三段階だ。

「わが民よ！」フィルは耳をつんざくほどの大音声で言った。「この者どもがこの世に存在するかぎり、彼らはわれわれに何度でも牙《きば》をむくであろう！　よって、われわれが完全な平和を見るためには、彼らに完全に消えてもらうしかない！　完全に、永遠に、徹底的にだ！　さあ、これよりわれわれは永遠の平和を実現しつつ、同時に卓越した経済観念も発揮しようではないか。すなわち向こう五日ぶんの税金を前倒しで徴収する、すなわち彼らの国の全資産を今この場で没収するのだ！」

「全員の、ですか？」とフリーダが言った。

「国ぜんぶの、ですか？」とメルヴィンが言った。

「われわれはわれわれではないと？」フィルが絶叫した。「彼らは彼らではないと？　われわれはわれわれであるからして、この完璧に正しいわれわれは、われわれをほんのちょっとでも脅かそうとする完全な悪の存在を滅ぼす権利がある、ちがうか？　そうしないことは逆に怠慢ではないだろうか？」

「やれやれ、始まったわい」とガス爺が小声で言ったが、ガス爺は空腹のあまり、息を吸おうとするたびに顔が半笑いのようになってしまっていた。

「おい、今のは何だ」とフィルが言った。「お前、何をニヤニヤ笑ってる？」

「笑ってなどおらんよ」とガス爺は言った。「息を吸おうとしているだけじゃ」

「ふざけるな！」フィルが吠えると、あまりの声の大きさに、ガス爺の左の鹿角がぽろりと取れた。

フリーダは恐怖に立ちすくんだ。ガートルードガートルードガートルード、と彼女は思った。もしも自分の母親が、ぷるぷるふるえるお爺さんが解体されていくのをただ黙って眺めていたと知ったら、ガートルードは何と思うだろう。それにわたしはあのぷるぷるふるえるお爺さんに何の恨みもない。それどころかあの人は、わたしのぷるぷるふるえるお祖父《じい》さんにとてもよく似ている、わたしのお祖父さんはCの字よりどちらかというとJの字みたいで、頭からは鹿角ではなく木の枝が生えているけれど。

「フィルさん」フリーダがしぼり出すようにそう言うと、葉っぱの何枚かがみるみる枯れて地面に落ちた。「これは良くないと思います」

「これは良くないと思います？」とフィルが言った。「フリーダ。君は〈全面同意書〉にサインしなかったのか？　したはずだよな？　だがたしかに今にして思えば、君のサインのしかたは少々礼を失していた。目を開けていたうえに、正面も向いたままだった。君の忠誠心に疑いありと、あのとき気づくべきだったな。フリーダ、ならば君はサインする前に〈全面同意書〉の中身も読んだのだろうね？　ことに〈項目D・不忠の報い〉――〝不忠が発覚した場合〈判定は**フィル**によってなされる〉、不忠の者がいかなる報いを受けるかを決定するのは**フィル**であり、**フィル**以外の何者でもない〟というくだりを？　不忠の者が私の側《そば》にいて、わが国を汚しつづけるのを見逃すわけにはいかない。よって私の裁量により申し渡す。フリーダ、親友隊の前にみずからすすんでひざまずき、彼らが仕事をしやすいように、主要な接合パーツを差し出したまえ」

「わたし？」フリーダが驚いて言った。「わたしが解体されるの？」

「フリーダを解体なさるんで？」とメルヴィンも言った。

「メルヴィン！」フィルが言った。「よもや〈項目H・不忠は芽のうちに摘む〉を忘れたのではあるまいな！　誰か、メルヴィン以外でこのことに異議のある者は？　あるなら一歩前に出るがいい。断っておくが、このお国の一大事の最中に私に公然と異議を唱えたからといって、なにもその者を不忠者と決めつけるつもりはない。いや、決めつけるかもしれないが、〈項目Ｎ・大統領のすばらしき温情〉を見てもらえばわかるとおり、疑わしき不忠を許すか許さないかの決定権は、この私だけが有している」

一歩前に出る者はいなかった。

「では全員異議なしだな？」とフィルが言った。「メルヴィン以外は」

「いえいえいえ」メルヴィンがあわてて言った。「自分も完全に異議なしです、はい」

フリーダは、ひざまずいて主要な接合パーツを外しやすくはしなかった。まっすぐ前を向いて立ち、ただひたすらガートルードのことだけを思いながら、親友隊の二人に胴部の葉を刈りこまれ、個人境界センサーを外され、帽子固定ピンシステムと球根型の左足を外されていった。

そして最後の仕上げにジミーがフリーダの三本めの腕を外しにかかると、腕はまるでジミーの胸に燃える火を消そうとするかのように、ばたばたと激しく動きまわった。

「**反乱、芽のうちに摘まれる！**」一番めの小さい男が叫んだ。

「**大統領、やるべきことをやる！**」二番めが叫んだ。

「悲しいことだな、まさかあのフリーダが裏切り者だったとは！」フィルは言った。「みんなもいい教訓になっただろう！　不忠誠、指導者に何度も異議を申し立てて権威の失墜を狙う卑劣さ――それら憎むべき内ホーナー人どもに特有の憎むべき傾向は、われわれ外ホーナー人の内にも芽生えうるのだ。お前たちだって、いつ何どき体が縮んで、数学の証明問題を解きださないとも限らない。われわれはよくよく警戒しなければならない。自戒しなければならない。ジミー、ヴァンス。フリーダがわれわれの自戒の助けとなるよう、フリーダの部品を魅力的かつインパクトあふれる手法で展示するのだ。人々がフリーダの部品を見て教訓を得るようにな！　いい教材になれて、フリーダもさぞやうれしいだろう。これであの女がこの世に生まれてきたことも、まったくの無駄ではなくなったわけだからな！」

親友隊の二人はフィルに命じられるまま、フリーダの部品をあっちこっちの木からヒモで吊り下げたり、岩の上に置いたりして展示し、一つひとつの横に〈いいよネ!　忠誠心〉と書かれたプラカードを置いた。

それが終わると、フィルは何かのついでのようにジミーに向かって顎《あご》をしゃくり、ジミーはガス爺を〈平和促進用隔離区域〉からつまみ上げ、解体した。ガス爺の体はか細くて脆《もろ》いうえに油切れしていたので、解体はあっと言う間に完了した。

「**計画、急ピッチで進行!**」二番めの小さな男が叫んだ。

「**完全勝利、目前に!**」三番めが叫んだ。

大きな、甲高い、悲鳴のような泣き声が、内ホーナー人たちのあいだから上がった。

そのせいなのかどうか、フィルのラックが激しく痙攣しはじめた。

ああちきしょう、こりゃきつい、とフィルは思った。

前にもこんな感じのけいれんのヒドイのが一度だけあた。それハまずい、なぜなら言葉が駄目ニなるから。

やべい、とフィルは思った。あレがまた始まてしまた、チョトずつだけど。急がネバ。だい三だん階を早ク終わらせて家に帰て、脳お見つけて乗けねいと。

「次、そいつ！」フィルがふりしぼるように言ってカーティスを指さすと、ジミーがカーティスを〈平和促進用隔離区域〉からつまみ上げ、ジミーがカーティスの下半身のラッチを外し、ヴァンスがカーティスの上半身を構成している九本のきつく縒《よ》り合わされたロープをばらばらにほぐし、ジミーがカーティスの巻き毛のふさふさ生えたまん丸の頭部を頸部土台に固定している三本のボルトを抜き、ほどなくカーティスは、水圧作動液にまみれてぴくぴく動く部品の山に変わった。

そのとき〈大ケラー国〉国民No.9のデールが「外ホーナー・カフェ」の陰から飛び出し、〈大ケラー国〉めざして一目散に走っていった。たったいま目にした光景のあまりの衝撃に、いつものように曲線で進むことさえ忘れて、ほぼ直線の軌跡を描いて駆けていった。

「なんだ、今のは？」とメルヴィンが言った。

「おそろしく妙ちきりんな生き物だったな」とレオンが言った。

「走り方も変だったぜ」とラリーが言った。

じっさい内外ホーナー人たちを基準にすれば、大ケラー人の外見はかなり妙だった。体のどこにも機械や植物のパーツがなく、体つきはレース犬のように細長く、まるでカーブを曲がるときみたいに――実際つねに曲がっていたのだが――全身が一方にかしいでいた。

さらに付け加えておかねばならないのは、彼らがとてつもなく大きかったということだ。身長は親友隊たちのざっと三倍、ただしずっとスリムで、脚も長かった。つねに歩いているために脚が細く長く発達し、しかも疲れるということが決してなく、頭は斜めにかしいだ流線形をしていたため、いざとなったら驚異的なスピードで走ることができた。

デールはなかでも一番の駿足《しゅんそく》だったため、国境地帯を出て六分後には、もう

〈大ケラー国〉に着いていた。

デールが国境地帯を出て九分後、〈大ケラー国〉の全国民はコーヒーカップを受け皿の上でかちゃかちゃふるわせながら、デールの報告を聞きおえた。

「クリフ君、わが国の現状を報告してくれたまえ」リック大統領が厳しい声で〈国民総楽しさレベル査定官〉に訊《たず》ねた。

「思わしくありません」とクリフが言った。「カップのコーヒーはほぼ満杯、皿の上には一人平均四枚のクッキーが残っているにもかかわらず、〈国民《ナショナル・》生活楽しさ指数《ライフ・エンジョイメント・インデックス・スコア》〉すなわちＮＬＥＩＳは、10ポイント中3ポイントの危険水域にまで急落しております。デールの報告によって国民のうちに不安が生じたことが原因と推測されます。しかしながら大統領、われわれの国民性を考えますれば、デールの調査結果に対して何か行動を起こさないかぎり、ＮＬ

ＥＩＳの下落は今後も止まらないのではないかと」

「国民がみなふさぎこみ、心を痛めるというのか？」リック大統領が言った。

「おそらくは」クリフが言った。

「もう二度とコーヒーをおいしく味わえなくなると？」とリック大統領は言った。「美しい景色を目にしたり気のきいたジョークを耳にしたりしても、遠くで助けを待っている人々のことが気にかかり、もうわれわれの心は二度とうきうきと弾まないと？」

「残念ながら」クリフが言った。

「わたしたち、軍を派遣するべきではないでしょうか」とファースト・ドーターが言った。

「ううむ、しかし」とリック大統領が言った。「もしその新大統領がデールの報告どおりの悪い人間なら、われわれの派遣軍にも何か悪いことをするかもしれない。ならば、みんなでこのまま国内にとどまったほうが安全ではないか？　私にはそのほうがずっと楽シイことのように思えるのだが」

「大統領、いま国民は心の平安を失っております」クリフが語気を強めて言った。「民族が一つまるまる解体されようかという時に、呑気《のんき》にグルメなコーヒーなどを飲んでいていいのかと、みずからに問うております。たしかに楽シミは欲しい、それはむろんそうです、しかしこのことが何らかの決着を見るまでは心から楽シムことはできないだろうと、国民は感じているのです」

「しかしどうすればいい」リック大統領は言った。「もしわが国の誰かに何かあったら、NLEISは3どころかもっと下がってしまうだろう。事によるとマイナスにまで落ちこんでしまうかもしれない」

「悲シミを感じてしまうかもしれないのですね」とレノアが言った。

「そうだ、悲シミを感じてしまうかもしれない」リック大統領が言った。

「でも」とファースト・ドーターが言った。「もしその人たちがデールの言うように悪い人たちなら、次はこの国に攻めてくるかもしれないわ」

「それこそまさに悲シミです！」とケヴィンが言った。

「私たちのコーヒーカートが壊されてしまうかもしれない」ファーストレディ

が言った。

「私たちが解体されるかもしれません」とケリが言った。

「大統領」クリフが切迫した声でささやいた。「NLEISがぐんぐん下降していきます！」

「何たることだ」リック大統領はその日の夕方を心待ちにしていた。サプライズで民にエクレアを配り、エクレアを食しながら夕陽を眺めることの面白さをお題に、皆で一つの十四行詩《ソネット》をひねってみよと提案するつもりでいたのだ。

だがリック大統領は自国の民をよく知っていた。たとえ何個エクレアをふるまわれようとも、今の彼らには、後ろ髪ひかれるような陰気なソネットしか作れないだろう。

そこでリック大統領は国民No.6、〈国家コーヒー抽出係〉のエルロイに命じて魔法瓶《まほうびん》五本ぶんのコーヒーを淹《い》れさせた。それからデールに指揮をとらせて、外ホーナーの領地内で即席の強化トレーニングを行い、直線で走るためのコツがデールからみんなに伝授された。

かくして〈大ケラー国〉は、全速力で〈外ホーナー国〉に侵攻を開始した。彼らのいつもの習慣で、通りすぎる景色の美しさについて感想を述べあいはしたが、もはやその声にはいつものような喜びも熱意も、こもってはいなかった。

「全員っすか？」同じころ、親友隊のジミーがそう言っていた。「女の人たちも？」

「子供も？」ヴァンスも言った。

「女も子供もそこにはいない！」フィルがわめいた。「いるのはただ、体が丸みをおびて髪の長い内ホーナー人と、体が小さくて脳が二つある気色のわるい内ホーナー人だけだ！　内ホーナー人に女も子供もない、そいつらはただ凶悪な、断固として処置すべきの、はびこる前に！　急げ、者ども！　そいつらの資産を残らず奪い、とっとと〈平和促進用隔離区域〉から前述のそいつらをつまみ上げれ！」

そこでジミーはキャロルとエルマーを〈平和促進用隔離区域〉からつまみ上げ、ヴァンスがワンダとリトル・アンディを〈平和促進用隔離区域〉からつまみ上げ、かつての大いなる〈内ホーナー国〉の生存者たちは、あっと言う間に宙づりにされて脚をばたつかせ、全滅まであと数秒の運命となった。

まさにその瞬間、〈大ケラー国〉の派遣軍が横五列に巨大な弧を描き、土埃《つちぼこり》をもうもうと巻き上げながら国境地帯に到着した。

「これはいったいどういうことだ！」リック大統領が言った。

「者ども！」フィルが裏返った声で叫んだ。「あの侵略者どもをひっ捕らえてくれなさい！」

親友隊の二人は、生まれて初めて自分たちより体の大きい者を見た。二人の胸に、〈泥密度検査助手〉をやっていた日々の懐かしい思い出が急によみがえった。あのころは良かった。嫌なことといったら、ときどきエドナに忘れられて、一晩じゅう泥にまみれたまま庭に放っておかれることぐらいだったっけ。

「**親友隊、国境地帯から逃走！**」一番めの小さな男が叫んだ。

「**大きな赤シャツを脱ぎ捨て、疾風《はやて》のごとく遁走《とんそう》中！**」二番めが叫んだ。

「**あっと言う間に視界の彼方《かなた》に！**」三番めが叫んだ。

「**フィル大統領、口をあんぐり開けて絶句、完璧にショック状態！**」二番めが叫んだ。

「**外ホーナー国民、固唾《かたず》をのんで大統領声明を待つ！**」三番めが叫んだ。

　ああでも、とフィルは思った。なんかいま調子が悪い気がする。いまはよく考えるのことがひどくできない。あのいまいまし脳はどこイた？　どこに置いテきたですか？　長いことお出かけになりやがっているよ脳は。これではスバラシ名案が浮かばれないのも無理もない。俺はあの変てこなぐるぐる歩き侵略者どもに言てやりたイのだ、貴様らなんかに俺たちの気持ちがわかられますか、あのヒトデナシ人どもと隣り合わせて生きるねばならない気持ちが、あのやくざヒトデナシ連中は自分らをヒトと思い上がり、俺たちの素敵大きい土地広いをみだらに欲しがり、俺たちが広い大きい先祖土地すばらしいに住んでいるからといって憎々しい目でこっちを見る。それのこと話たい。なのに急にいま口が素敵にしゃべれない。

フィルががくりと膝《ひざ》を折り、〈平和促進用隔離区域〉の脇にへたりこんだ。

「あの、フィルさん？」とラリーが言った。「大丈夫ですか？」

こんなはずじゃなかった。もっとちがうふうになるはずだったんだ。俺の天下の上昇の夢が完璧に取り返されて、俺がフィル様が黄金の玉座にいて、ほかの下等な連中はみんな俺の激烈な足元にひれ伸びて、俺の神聖なる名札を口ぐちに叫ぶはずが。

「非情の重荷だ」彼は力なく言った。「わが膨大な民のために身を斜めて汗水したのに、運がさえぎる俺を栄光の。極悪どもがために潰れ去って偉大な夢の上昇が。旗が垂れる。民は帰る」

やがて脳のないラックの重みに耐えかねて、フィルはがっくりと前のめりになり、〈平和促進用隔離区域〉の有刺鉄線にラックだけでひっかかった。

最後に鼻の穴から火花をひとつ噴き、それきり彼は動かなくなった。

国境地帯は水を打ったように静まりかえった。

「これは何かのまちがいだったんだ」とラリーが言った。

「さすがにちょっととやりすぎだった」レオンが言った。

「あの気の毒な人たちを檻《おり》から出してあげようではないか」とリック大統領が言った。「あまり楽シソウに見えないからね」

国民No.9のデールと国民No.7のケリが力を合わせて〈平和促進用隔離区域〉を壊すと、中から内ホーナー人たちが転がり出た。

「いいですか皆さんがた。とにかく楽シムことです!」とリック大統領が言った。「人生は喜びに満ちています。なぜ争うのです? なぜ憎み合うのです? 楽シムことを知れば、争う必要などなくなるし、争いたいとも思わなくなります。さあ人生を愛し、円の上を歩き、おいしいコーヒーを飲みましょう! わかりましたね? そうすると約束してくれますね?」

内ホーナー人たちは、ぽかんとした顔つきでリック大統領を見た。

「さて、ではそろそろ失礼するとしよう!」とリック大統領は言った。「大丈夫、あなたたちならきっとうまくやれますよ！」

そして大ケラー人たちは弾む足取りで、意気揚々と、弧を描きつつ帰っていった。たった今なしとげた英雄的行為の誇らしさと、この先ずっと今日のことを語りあって楽シメルことへの期待感とで、〈国民生活楽しさ指数〉は10ポイント中、驚異の9・8にまで跳ね上がっていた。

「私はね、いつかこうなるんじゃないかとフィルに警告していたんだよ」と鏡の顔の補佐官が言った。

「私だってです」と笑顔だらけの補佐官が言った。

「私は言ってやったんだ、フィルさん、あなたいったい何様のつもりなんです、身の程というものを知らなければいけませんよ、とね」と鏡の顔の補佐官が言った。

「私たち、たしかみんなそう言っていましたよ」と口だけの補佐官が言った。

「なぜ国民はかくもたやすく欺《あざむ》かれたのか？」一番めの小さい男が叫んだ。

「なぜ国民はマスコミの再三の警告を無視したか？」二番めが叫んだ。

「**補佐官ら、国境地帯をこそこそと早足で退散！**」三番めが叫んだ。

「**著名報道人、事の真相を見極めるべく、奇妙な逃避行に随行！**」一番めが叫んだ。

かくして補佐官たちとマスコミの一群は国境地帯から去っていった――補佐官たちは、いかにして前大統領に自分たちがずっと忠実に仕えていたと信じこませるかをみちみち相談しながら、そしてマスコミは、次に来るかもしれない見出しの案を尻の口から興奮して披露しあいながら。

内ホーナー人たち（エルマー、キャロル、リトル・アンディ、ワンダ）は、ふいに、自分たちが数の上で外ホーナー人（レオン、ラリー、メルヴィン）に勝《まさ》っていることに気がついた。裸にされ、飢えに苦しみ、狭いところに何日も立ったまま閉じ込められ、滅亡寸前まで追いこまれた恨みが一挙に爆発して、彼らはいっせいに外ホーナー人たちに襲いかかった。もうもうと巻き上がる土埃の雲の中から、割ピン（メルヴィンの）、温度計（レオンの）、ラリーの前髪用カツラ、そして誰のものともつかない義歯プレートがいくつか放り出され、いつの間にやら土埃の雲の中では、一転して外ホーナー人たちのほうが滅亡の危機に瀕していた。

と、そのとき。国境地帯の上空から、巨大な手が下りてきた。指にはめている黄金色の指輪ひとつだけでも国境地帯がすっぽりおさまってしまうほど大きな手だった。手首の上に広大な花畑がひろがり、三本ある指の一本は機械仕掛けで、手のひらには青々と水をたたえた湖らしきものが光っていた。

外ホーナー人たちも内ホーナー人たちも、これまで幾度となく〈創造主〉についで考え、〈創造主〉について語り、時には〈創造主〉に祈りを捧げもした。だが〈創造主〉がこれほどまでに大きいとは、誰も想像したことがなかった。

戦いが止み、土埃の雲が晴れ、内ホーナー人も外ホーナー人も、目と口をいっぱいに開いて天を見あげた。

するとそこに二番めの手が下りてきた。手首の上に野菜畑があり、二本の指が機械仕掛けで、手のひらに凍結した湖のあるその手には、一本のスプレー缶が握られていた。〈創造主〉の左手が国境地帯にスプレーをひと吹きすると、外ホーナー人たちと内ホーナー人たちはことんと眠りに落ちた。

二本の手は共に動き、外ホーナー人たちをそっと解体した。

ついで二本の手は、内ホーナー人たちをそっと解体した。

そして手は内ホーナー人と外ホーナー人の部品を使って、たちまち十五人の小さな人々を新たに造った。

ただ、手はフィルの部品だけは使わなかった。フィルの脳（アパートのカウチの下から回収されたそれは、ポテトチップスのかけらと糸屑《いとくず》にまみれ、C型の脳がガスを放出するとき特有のシュウシュウという音をたてていた）は小川に投げこまれ、新しい魚たちがそれを流れに落ちた不格好なリンゴとまちがえて、つつきはじめた。フィルの体のほうは、スプレーペンキで黒く塗られてから台座に据えられ、その下に銘板がはめこまれた。

〈フィル〉と、そこには記されていた。**〈異形の者《モンスター》〉**

それから巨大な手は新しい人々をすくい上げて、巨大な、言語に絶する唇の前にもっていき、絶対的に翻訳不能な創造主語で、言葉をささやいた。それはおおむね次のようなことだった――**こんどこそは、互いに慈《いつく》しみあうのだよ。忘れるな。お前たちは一人ひとりが幸せにならねばならぬ。それが私の願いだ。お前たち一人ひとりが恐怖から自由でなければならぬ。それが私の願いだ。お前たちは自分がじゅうぶんに善ではないのではないかと内心ひそかに恐れている。だが、お前たちは善なのだ。信じておくれ。お前たちは善なのだよ。**

そして左手が〈一時滞在ゾーン〉の境界線をなしていた緑色のヒモをつまみ上げ、右手が〈内ホーナー国〉の国境線だった赤いヒモをつまみ上げ、それから左手が〈平和促進用隔離区域〉の残骸《ざんがい》を取り除くと、右手がこう書かれた看板を立てた――〝〈新ホーナー国〉にようこそ〟。

そして両手は、ひと仕事を終えたあとの手がよくやる、ぽんぽんと埃《ほこり》をはらう仕種をすると、しずしずと天に昇っていき、大きな白い雲の中に消えた。

十五人の新しい人々は目を覚まし、伸びをしたりあくびをしたりした。ここはいったいどこなんだろう？　自分たちはいったい誰なんだろう？　なんだか体じゅうがひりひりする。看板によると、どうやらここは〈新ホーナー国〉というところで、自分たちは新ホーナー人であるらしい。そしてめいめいの首にかけられた名札によると、どうやら一人ひとりに名前がついているらしい。

ともかくも、びっくりするほど腹ぺこだということで全員の意見が一致した。近くに生えていたリンゴの木まで歩いていく途中、彼らは台座の上にぬっとそびえ立つ黒い塊の前を通りかかった。

「何だろうな、これ」とギルが言った。

「〝ふぃる〟だってさ」とクライヴが言った。

「何なの、〝ふぃる〟って」とサリーが言った。

「〝モンスター〟ですって」とリオーナが言った。

「たしかにそんな感じだな」とフリッツが言った。

「あるいは〝モンスター〟が名字なのかも」とギルが言った。「フィル・モンスター。『やあ、ぼくフィル・モンスターだよ』みたいに？　どうもこの構文《シンタックス》じゃはっきりしないな」

「そんなことより」とサリーが言った。「早く行きましょ」

リオーナがギルをちらっと見た。しんたっ、、、くす？　何それ、どういう意味？　だいたい何様のつもりよギルって、そんなに偉いわけ？　あたし偉ぶってる人ってキライ、ふいに彼女はそう思った。ギルは要注意だわ。あとでサリーに相談してみよう。サリーはぜんぜん偉ぶってる感じがしないもの。常識的でまじめで、気取りのない人って感じがする。それにサリーもあたしと同じで、ずんぐり小さくてボール型の体つきをしている。それにひきかえギルは、ひょろ長くてなんだか気持ちが悪い。

何か月かが過ぎ、新ホーナー人たちは自然と〝ふぃる〟を避けるようになった。うまく言えないけれど、〝ふぃる〟は何となく嫌な感じがした。やがて路《みち》は自然とその前を迂回《うかい》するようになり、そこに通じる路は雑草に閉ざされ、ただ彼のラックの先端だけが、できそこないの旗竿《はたざお》のように、雑草の中からわずかにのぞいていた。〝ふぃる〟は動物たちのねぐらとなり、鳥たちが巣をかけ、周囲にはボールがたくさん転がっていた。〈新ホーナー国〉の子供たちが怖がって、誰も取りに行こうとしなかったからだ。

今でもその場所にフィルはいる。こんもりと茂った藪《やぶ》に隠され、愛されることも憎まれることもなく、ただ忘れられ、朽ち果て錆《さ》びるがままになり、彼の名前を記した銘板すらも、すでにかすれて読めなくなっている。

ただ、ときおりリオーナだけが訪ねてくる。彼女には〝ふぃる〟がモンスターだとは思えない。むしろ不思議に美しい感じがする。彼女はときどき何時間も藪の中に座り、なぜだか自分でもわからないままに、よりよい世界のことを夢に見る。彼女やサリーのように、偉ぶらない、ずんぐりしたボール型の体つきをした人々によって支配され、いつだって短いセンテンスでわかりやすい正義が語られる、そんな世界を。

単行本訳者あとがき

『短くて恐ろしいフィルの時代』*The Brief and Frightening Reign of Phil* の作者ジョージ・ソーンダーズ George Saunders は、一九五八年、米国テキサス州に生まれた。コロラド鉱業大学で地球物理学を学んだあと、スマトラの石油採掘クルー、ビバリーヒルズのドアマン、シカゴの屋根職人、カントリー・アンド・ウェスタンのギタリスト、コンビニの店員、テキサスの食肉加工工場等々さまざまな職業を経たのち、三十歳を前にしてシラキュース大学創作科に入学、トバイアス・ウルフらに師事した。卒業後は母校創作科でみずから教鞭《きょうべん》をとりながら『ニューヨーカー』『ハーパーズ』などに精力的に作品を発表し、現在までに短篇集、中篇、絵本、ノンフィクションあわせて六つの著作がある。マッカーサー賞、グッゲンハイム賞（ともに二〇〇六年度）をはじめ数々の受賞歴があり、〝小説家志望の若者に最も文体を真似される小説家〟との異名をとる。本書は二〇〇五年に発表された、彼にとって四冊めの著作である。

ソーンダーズによれば、『短くて恐ろしいフィルの時代』が生まれたのは、イラストレーターのレイン・スミスから「登場人物がすべて抽象的な図形であるような物語は書けるか？」と言われたことがきっかけだったという。挑戦を受けて立ち、あれこれ試行錯誤するうちに、ふとどこかから「昔あるところに、あまりにも小さいので一度に一人しか国民が住めない国があった」という文章が降ってきた。するとそこから〝小さい国と、それを取り囲む大きな国〟という設定が生まれ、そして物語はじょじょに〝大量虐殺《ジエノサイド》にまつわるおとぎ話〟という奇妙な姿をあらわしはじめたのだという。そこから先は、糸の先に吊《つ》るした種結晶が水溶液の中でゆっくり育っていくように、アイデアが好きな方向に育っていくのにまかせる、という進め方をしたため、書きおえるまでに六年もの歳月を要した。その過程で、はじめは子供向けの絵本のつもりであったものが大人向けに変わり、抽象的な図形だった人物たちは機械の部品や動植物のパーツを組み合わせた生き物に姿を変え、さらにはいったん三百ページもの長さにまで膨らんだものを削りに削り……といった紆余《うよ》曲折を経て、最終的にこのようにコンパクトな中篇という形になった（ちなみに削られたシーンの中には、メルヴィンがじつはフリーダを愛していたことに気づくシーンや、フィルが失くした脳をメロンで代用するシーン、肩から巨大メガホンを生やしたマスコミ人の一人が真実を報道したために粛清《しゅくせい》されるシーンなどが含まれていた）。

人間以外の生き物を登場人物にした風刺的な寓話《ぐうわ》というと、まず思い起こされるのは、豚や牛に託してスターリン政権を痛烈に皮肉ったジョージ・オーウェルの『動物農場』だろう。じっさい本書が世に出た当初は『動物農場』を引き合いに出した書評が多く見られたし、刊行時期もあいまって、この本をブッシュ政権によるイラク侵攻を批判したものと見る向きも多かった。だがソーンダーズは、『フィル』は歴史上のある特定の出来事や人物を題材にしたものではない、と語る。これを書きはじめた当初、彼の頭にあったのはルワンダやボスニア、それにヒトラーだった。だが執筆途中で9・11とそれに続く一連の出来事が起こり、イラク戦争やアブグレイブ刑務所、テロとの戦いなどのイメージがさらに加わることとなった。

脳が地面に転がり落ちるたびに熱狂的な大演説で民衆を煽《あお》りたてるフィル。空恐ろしくも滑稽《こっけい》なその姿は、作者によれば、あまたの独裁者たちからエッセンスを抽出して作られた、いわば〝独裁者の最大公約数〟である。だがフィルは単に独裁者のカリカチュアにとどまらない。「私はフィルというキャラクターを、自分たちの敵をモノに貶《おとし》めておいてから大手を振って抹殺しようとする人類の習性の象徴として書きました」とソーンダーズは語る。「この本は、世界を過度に単純化し、〈他者〉とみなしたものを根絶やしにしたがる人間のエゴにまつわる物語なのです。私たち一人ひとりの中に、フィルはいます」。

だが本当のところ、以上のようなことは一切念頭におかずに、できればこの文章も読まずに、万が一もう読んでしまったのならきれいさっぱり忘れ去って、ただただこの突拍子もなくて、馬鹿馬鹿しくて、ユーモラスで、変てこで、でもときおり胸に刺さる物語の面白さに身を委ねていただくのが一番ではないかと思う。ソーンダーズは言う。「この奇妙な物語世界が、読んだ人の胸の内でいっとき赤く燃えあがり、その後も折にふれて、昔見た鮮やかな夢のようにひょっこりよみがえってくる、そんなものになることを願っています――あるいは、そう、怖いのだけれど不思議と面白い、悪い夢のように」。

最後になったが、この本を訳すにあたっては、とりわけ角川書店の津々見潤子さんとジェームズ・ファーナーさんにひとかたならぬお世話になった。この場を借りてお礼を申し上げます。

二〇一一年十二月

岸本佐知子

文庫版訳者あとがき

この本がジョージ・ソーンダーズによって書かれたのは、今から十五年以上前のことだ。

当時のアメリカはジョージ・W・ブッシュ政権下で、同時多発テロとそれに続くイラク戦争、愛国者法、アブグレイブ刑務所、そんな一連の出来事のさなかにこの本は刊行された。単行本の訳者あとがきでも書いたように、この物語は特定の国や首長をモデルにしたものではないが、読み手の多くがそこに当時のアメリカの状況を重ねあわせていたのも事実だ。

だがそんなブッシュ政権すら古き良き時代に思えるほどのドナルド・トランプ政権の顚末を目にした今、あらためて読み返してみると、『短くて恐ろしいフィルの時代』は古びるどころか、むしろ今年書かれたのでないことが不思議なくらい「今」を感じさせる。

異質な他者への無慈悲な弾圧、権力への過度の忖度、チェック機能を果たさないマスコミ。コロナ禍のさなかにオリンピックが強行されようとしている二〇二一年の日本で読むと、この物語はひときわ痛烈に突き刺さる。極度に抽象化されたおとぎ話として書かれたこの本は、時代も国も越えてつねに真実でありつづける。人間社会があるかぎり、時とともにみずからを更新しつづける。

トランプ政権の二期めのかかった大統領選が間近に迫った今年の四月、ソーンダーズは『ニューヨーカー』誌にLove Letterという短編を発表した。近未来のアメリカで、とある大統領が再選される。彼は法律をねじ曲げてみずから終身大統領に就任し、世襲制を導入して自分の息子を後継者に指名する。国全体に厳しい言論統制が敷かれ、個人の通信はすべて検閲され、少しでも政府を批判した人間はある日突然どこかに連れ去られ、二度と戻ってこない……そんな悪夢的な状況が、祖父から孫にあてて書かれた手紙の行間から少しずつ浮かび上がってくる（この手紙自体も当局に検閲されているのだ）。読んでいて背筋が寒くなるが、何より恐ろしいのは、その独裁政権がある日突然生まれたのではなく、人々の無関心と無為によってじわじわと形成されていき、気づいたときにはもう手遅れだったという、そのリアルさだ。

『フィル』のB面ともいうべきこの短編もぜひこの文庫版に併録したかったが、著者によると「これは次に出す短編集に入れるから待ってて！」とのことで、早く紹介できる日がくることを願っている。

文庫化に際しては、河出書房新社の島田和俊さんにひとかたならぬお世話になった。また鈴木久美さんには、単行本に引きつづき素晴らしい装丁をしていただいた。この場を借りてお礼を申し上げます。

二〇二一年六月

岸本佐知子

本書は、二〇一一年十二月に角川書店から刊行された単行本『短くて恐ろしいフィルの時代』を文庫化したものです。

George SAUNDERS:
THE BRIEF AND FRIGHTENING REIGN OF PHIL

短《みじか》くて恐《おそ》ろしいフィルの時《じ》代《だい》

二〇二一年 八 月一〇日 初版印刷
二〇二一年 八 月二〇日 初版発行

著 者 G・ソーンダーズ
訳 者 岸本《きしもと》佐《さ》知《ち》子《こ》

発行者 小野寺優
発行所 株式会社河出書房新社
〒一五一－〇〇五一
東京都渋谷区千駄ヶ谷二－三二－二
電話〇三－三四〇四－八六一一（編集）
〇三－三四〇四－一二〇一（営業）
https://www.kawade.co.jp/

ロゴ・表紙デザイン 粟津潔
本文フォーマット 佐々木暁
印刷・製本 中央精版印刷株式会社

Printed in Japan ISBN978-4-309-46736-8

エドウィン・マルハウス

スティーヴン・ミルハウザー　岸本佐知子〔訳〕　46430-5

11歳で夭逝した天才作家の評伝を親友が描く。子供部屋、夜の遊園地、アニメ映画など、濃密な子供の世界が展開され、驚きの結末を迎えるダークな物語。伊坂幸太郎氏、西加奈子氏推薦！

居心地の悪い部屋

岸本佐知子〔編訳〕　46415-2

翻訳家の岸本佐知子が、「二度と元の世界には帰れないような気がする」短篇を精選。エヴンソン、カヴァンのほか、オーツ、カルファス、ヴクサヴィッチなど、奇妙で不条理で心に残る十二篇。

白の闇

ジョゼ・サラマーゴ　雨沢泰〔訳〕　46711-5

突然の失明が巻き起こす未曾有の事態。「ミルク色の海」が感染し、善意と悪意の狭間で人間の価値が試される。ノーベル賞作家が「真に恐ろしい暴力的な状況」に挑み、世界を震撼させた傑作。

なにかが首のまわりに

C・N・アディーチェ　くぼたのぞみ〔訳〕　46498-5

異なる文化に育った男女の心の揺れを瑞々しく描く表題作のほか、文化、歴史、性差のギャップを絶妙な筆致で捉え、世界が注目する天性のストーリーテラーによる12の魅力的物語。

ある島の可能性

ミシェル・ウエルベック　中村佳子〔訳〕　46417-6

辛口コメディアンのダニエルはカルト教団に遺伝子を託す。2000年後ユーモアや性愛の失われた世界で生き続けるネオ・ヒューマンたち。現代と未来が交互に語られるSF的長篇。

拳闘士の休息

トム・ジョーンズ　岸本佐知子〔訳〕　46327-8

心身を病みながらも疾走する主人公たち。冷酷かつ凶悪な手負いの獣たちが、垣間みる光とは。村上春樹のエッセイにも取り上げられた、O・ヘンリー賞受賞作家の衝撃のデビュー短篇集、待望の復刊。

著訳者名の後の数字はISBNコードです。頭に「978-4-309」を付け、お近くの書店にてご注文下さい。